qa
文庫

変態侯爵の理想の奥様

秋野真珠

イースト・プレス

contents

序章

ルーツ侯爵は急《せ》かされていた。

親族一同や家臣たち、果ては国王からも催促《さいそく》され、不機嫌になったほどだ。

国と同じ歴史を持つルーツ侯爵家の当主であるデミオン・H・ルーツ侯爵は、三十をいくつか越えたというのにいまだ独り身《ひと》だった。

両親もすでになく、兄弟さえいない。

このままではルーツ侯爵家が途絶えてしまうのではと誰もが心配しているのだ。

侯爵本人としては、余計なお世話だと反論するところである。

何も好き好んで独りでいるわけではない。

そもそも、侯爵家を潰すわけにはいかないことくらい自分が一番わかっている。亡き両親にも、領地を盛り立て、侯爵家の血を絶やさぬことを約束させられていた。

だからいつかは妻を娶《めと》るし、跡継ぎもつくるつもりだ。それも当主としての仕事だと自覚している。自覚してはいるが――できれば妻は好みの女性がいいと思っているだけだ。

世話好きという度合いを超えて侯爵本人よりも焦っている親族からは、毎日のように見合いの話が持ち込まれている。相手の姿絵《すがたえ》を見せられ、どんなに素晴らしい女性かをくどくど語られ、それが続けば続くほど、侯爵はその気がなくなっていくのである。

そのおかげで、侯爵はますます仕事に逃げるようになり、心休まる趣味に没頭するようになり、結婚の道からより一層離れていくのだった。

そろそろ諦めていい加減結婚しろという怒声が、頼むから結婚してくれという懇願に変わった頃、親族と家臣たちは心を決めた。一同を代表し、侯爵家の家令ファリノス・バッツは一枚の姿絵を侯爵へ見せることにしたのである。

「若様」

「若様はいい加減やめろ、私を何歳《いくつ》だと思っている」

「私も早く旦那様とお呼びしたいと思っております」

同年代の家令から「若様」と呼ばれるたびに、侯爵は眉根を寄せて訴えるが、家令は慣れたものでいつものように返す。曰く、侯爵家を引き継ぎはしたが、いまだ独りの身では亡き両親のご子息でしかない。だから旦那様と呼べないとのことだ。

侯爵は顔を顰《しか》めて舌打ちし、家令の持つ布の掛かった姿絵を睨《にら》んだ。

「……また見合いか、もうしばらく放っておいてくれ。そのうちするから」

「若様の〝そのうち〟を待っておりましたら侯爵家は途絶えてしまいます。若様、私どもも、何も無理強いをしているわけではございません」

「……これが無理強いでないと言い張るお前がすごいな」

「私どもは心より、若様が幸せになることを願っているのです」

侯爵の嫌みなど聞こえていないかのように自分の演説を続ける家令に、侯爵は不機嫌なままソファにどっかりと座り込んだ。一応形だけは聞く姿勢を取ったのである。

「若様は領民にも慕われ、領地を豊かにするべく日々奮闘していらっしゃることは、誰より私がよく存じております。だからこそ、若様の幸せを私は望んでいるのです」

「……それが見合いに繋がるのか？」

「ご結婚が煩《わずら》わしいものと思っていただいては困ります。確かに、よく知らぬ相手と突然仲良く、と申しましても難しいことでしょう。ですが、大事なのはその先です」

「……長い口上はいいから、本題は何だ」

幼い頃からの付き合いで、自分のことを誰より理解してくれるものと信頼はしているのだが、侯爵は家令のこのもったいぶった言い方が苦手だった。鬱陶《うっとう》しくもあった。

手を振ってさっさと話せと促すと、家令はゆっくりと姿絵に掛けられた布に手をかける。

「ご結婚なされば、侯爵家の跡継ぎとなるお子様がお産まれになるでしょう。幼い頃から愛らしい、神童だと謳《うた》われた若様のお子様です。きっと素晴らしいお子様に間違いありません。そして子供は父親だけでなく母親にも似るはず。愛らしい女性の血を引き継げば、それはそれは、見たこともないほど可愛らしいお子様になるでしょう……」

興味と苛立ちを引き寄せる前振りの後で、家令はそっと布を剝《は》ぎ取り姿絵を侯爵へ向けた。

「…………!!」

侯爵は息を呑んだ。

その姿絵にあったのは、妙齢《みょうれい》の婦人の姿ではなかった。

まだ頰《ほお》もふっくらとした、赤毛の愛らしい幼い少女だったのである。

もちろん、結婚を進めるのに適した年齢であるはずがない。しかし侯爵の視線は一瞬たりともその姿絵から離れることはなかった。

「この姿絵は、とあるご令嬢の五つのときのものです。そう——きっと、お生まれになるお子様もこの少女のように愛らしく可愛らしいはずです……!」

「け……」

家令の一押しに、侯爵は硬直しながらも口を必死に動かした。

うまく声が出なかった。それくらい絵の中の少女に夢中だったと言ってもいい。

しかし乾いた喉をごくりと鳴らし、侯爵はとうとう宣言した。

「——結婚する！」

三十を過ぎても、親族一同から急かされても、国王から心配されても、侯爵が独り身でいた理由——それは、侯爵が適齢期の女性にはまったく興味を示さず、いささか幼い子を好む嗜好《しこう》があったからである。

姿絵に夢中になった侯爵は、それを持った家令の口端が歪《ゆが》むように上がったことに、残念ながら気付かないままだった。

一章

アンジェリーナ・B・アルキスは五日目になる馬車の旅に深く息を吐いた。

遠いとは聞いていた。地図で場所も確認して覚悟もしていた。しかし想像することと体感することはまったく別だったようである。

体調が崩《くず》れないようにと管理され、五日間の行程の長旅だった。早馬で駆けるならこの半分、二日と半日らしい。そう言われても、アンジェリーナの嗜《たしな》み程度の馬術の腕では無理な話だ。

言うなれば、国を横断するような距離を移動するのだ。そのくらいかかっても当然と言えば当然だ。三台が連なる真ん中の馬車にアンジェリーナはひとりで乗っていた。前後の二台は荷物用である。そして馬に乗る護衛が五人、前後を守ってくれていた。馬車のゆっくりとした速度に合わせているのだから、護衛のほうがもっと大変だろうとアンジェリーナは心の中に愚痴《ぐち》をしまい込む。

そもそも愚痴を言えるような状況じゃないのはわかってるけど。

アンジェリーナの乗る馬車は、子爵の身分では到底用意できるものではない。大きな車輪と、細かい装飾の施された外装。小窓に掛かるビロードのカーテンの手触りも最高だ。ふかふかのクッションのおかげで長時間馬車に揺られても腰を痛めず済んでおり、そのやわらかさはこのまま横になりたいくらいだった。

これらはすべてルーツ侯爵家、つまりこの旅の目的地、アンジェリーナの嫁ぎ先の侯爵が用意したものだ。

何か裏がありそう……

アンジェリーナはこの婚姻の申し込みがあってからずっと気になっていた。この結婚には、何かあると。

しかし今年二十五になり、完全に行き遅れと言われるようになったアンジェリーナには断る理由がない。家も子爵で貴族としては下級。資産も毎日を普通に暮らせるほどあるだけで、華やかな都《みやこ》暮らしも無理な状況だ。田舎暮らしが嫌だったわけではない。ただ、アンジェリーナがもし結婚できるとしても、恐らく年配の貴族の後妻、もしくは妾《めかけ》くらいしか道はないだろうと思っていた。思ってはいても、そのつてがあるわけでもない。

今まで実家にいたのだから、この先もそこで暮らせるかもと少し期待もしていたのだが、現実にはそううまくはいかなかった。

弟のルーベンス・S・アルキスが結婚することが決まったのだ。

これで弟も一人前になり、家督《かとく》を継ぐこととなった。そうなると、家宰を任せられるのは弟の妻だ。結果、小姑《こじゅうと》となるアンジェリーナは、早々に家を出る必要があったのである。

母が風邪をこじらせ亡くなったとき、アンジェリーナは十歳。弟は二歳になったばかりだった。領地を管理する父は忙しく、屋敷のことはまだ小さいアンジェリーナが切り盛りすることになった。年頃になったとき、アンジェリーナは家族の世話で手いっぱいだった。とにかく弟を一人前に育てること。それがアンジェリーナの使命だと思っていた。

そしてようやく弟が結婚し、子爵の名を継ぎ、老いた父がゆっくりと休めるようになり、新しい家庭がそこにできたとき、アンジェリーナは自分が歪《いびつ》な存在だと気付いたのだった。

優しい弟夫婦はいつまででも居てくれて構わないと言うが、結婚もしていない姉が弟の世話になり暮らすのは不自然極まりない。

そこへ舞い込んできた見合い話だ。アンジェリーナはすぐに飛びついた。

今更、相手がどうだとか文句を言えるはずもないし、二十五になる娘をもらってくれる人に感謝と安堵で喜んだのだが、それも相手を詳しく知るまでのことだった。

デミオン・H・ルーツ侯爵は御年三十三歳。

大陸の西南に広大な領地を持つ大貴族である。

「公爵」は王族の一族からなるため現在は国王の甥《おい》のひとりしかおらず、その下の「侯爵」は三家。その下に「伯爵」が十五家連なり、そのまた下に下位貴族が続くわけだが、アンジェリーナのアルキス子爵家もその他大勢の家のひとつである。

その子爵令嬢でしかないアンジェリーナの輿《こし》入れ先が、たった三家しかない侯爵家のひとつ。さらに侯爵本人は国王とも幼少より知己《ちき》の間柄にあり、上位貴族の友人や親族も多い。既婚で妾を探しているのかと思えばこれが初婚であり、アンジェリーナは正妻に迎えられるという。

絶対、なんか変。

アンジェリーナは最初こそこの結婚に喜んだものの、相手を知れば知るほど尻込みしていく。どんな相手でもいいと思っていた以上、文句を言えるはずもないが、後悔しないでもいられない。

けれど、結婚を喜ぶ家族の前でそんな不安を打ち明けられるはずもなく、自分がいなくなった後も安心して暮らしてもらえるよう、アンジェリーナは家を出るその瞬間まで笑顔でいた。

そうして用意された馬車に乗り込み、ひとりになって考える時間が増えたところで、深く深く溜め息を吐く。

相談できる相手がいるわけでもないから余計に考え込んでしまうのだが、あっという間に話が纏《まと》まり、迎えに用意された馬車に微《かす》かな逃げ道も塞《ふさ》がれた気がして、アンジェリーナはますますこの心地良い馬車の中で落ち着きを失《な》くすのだった。

「アンジェリーナ様、もうすぐ侯爵家のお屋敷ですよ」

この五日の旅で世話になった御者の声に、アンジェリーナは閉めきっていたカーテンをそっと開いた。小窓の向こうに大きな屋敷が見える。

大きい……！

一見しただけでは部屋数もわからないほどの大きな建物は、横に長い塀に囲まれていた。敷地の中には、一際《ひときわ》高くそびえる塔まで見える。塀の周りには青々とした芝が広がり、馬車道が屋敷まで続いていた。これが侯爵という貴族の大きさなのだとアンジェリーナは改めて実感した。

そして同じだけ、この結婚には何かあると感じずにはいられない。

屋敷の入口まで到着したのだろう。馬車が止まり、コンコン、と扉を叩かれ、「どうぞ」と返事をすると外から開かれる。アンジェリーナは旅装の姿を今更ながらに整え、差し出された手を取って初めて侯爵家の土を踏んだ。

「……！」

目の前に広がる光景に、アンジェリーナはもう一度息を呑む。

間近に見ると、屋敷はさらに大きかった。開かれた玄関扉までのポーチは石畳で歩きやすく、その左右に侍従や侍女たちがずらりと並んでいるのだ。

アンジェリーナの手を取ったのは若い青年だったが、服装からすると家令のようだ。馬車から下り立ったアンジェリーナを確認すると、家令も一歩下がり丁寧な礼をする。

「奥様、ようこそいらっしゃいませ。いらっしゃいました」

「「いらっしゃいませ」」

家令の挨拶《あいさつ》に合わせて、使用人たちが一斉に頭を下げる。その角度があまりに揃《そろ》い過ぎていて、アンジェリーナは驚いた。

ちょっと、これは、どうなの。

想像以上に大きな屋敷と、大勢の使用人。そして貴族としての格の違いに、アンジェリーナはもう一度馬車に乗って帰りたくなった。

自分が本当にここへ嫁ぐのか、不安になってきたのだ。

家令はアンジェリーナを奥様と呼んだ。まるで侯爵夫人となることが決まっているかのようだ。まだ相手も見ておらず、相手もアンジェリーナをよく知らず、つまり本当に結婚するかどうかなど決まっていないはずなのに。話を持ってきた代理人と、侯爵家からの書面により婚約を交したものの、身分差からしても、少しでもおかしなところがあればすぐに帰れと言われてもおかしくないことは、アンジェリーナが一番よく知っている。

「さ、奥様どうぞ。長旅でお疲れでしょう。旅装を解き、ひとまずお寛ぎください」

「あ、ありがとう……でも、私はまだ奥様じゃないでしょう？　できれば名前で呼んでいただける？」

「とんでもない奥様！　もう奥様は我が主との結婚が決まっております。たった数日の違いです。慣れていただくためにも今から奥様とお呼びすることに不都合はないかと」

いやいやいや待って不都合とかよりそれ以前の問題かと思います！

にこりと綺麗な笑みを浮かべる家令に、アンジェリーナは心の中で盛大に反論するのだが、驚き過ぎてうまく声にならなかった。

そのまま促され、アンジェリーナは屋敷の中へと入る。とりあえず、長旅で疲れていることは確かだし、広い場所で休めるのならありがたくそうさせてもらいたかった。

いろいろ気になるけれど、この状態で話も何もない。

玄関からのぞむホールは、柱の装飾ひとつとっても丁寧に作り込まれており、元々使用人たちが並んでも狭く見えない広さであるのに吹き抜けの天井がさらに空間を大きく見せていて、アンジェリーナはまた足を止めてしまった。天井近くにある窓から差し込む光で内部は明るく、つりさげられたシャンデリアは夜になれば灯されて、また違う美しさを醸し出すのだろう。

奥へと続く廊下も広い。上階へと繋がる階段の手摺りの凝りようからしても子爵家の自宅とは違っていて目が眩《くら》みそうだった。

やっぱりこのまま帰ったほうが、とアンジェリーナが気後れしていたそのとき、廊下の奥から足音が荒く響き、ひとりの男性が姿を現した。

「…………」

「…………」

その相手と、アンジェリーナはしばらく向き合った。相手に上から下までじろじろと見られたからである。

男性は恐らく使用人ではない。金糸に縁《ふち》どられた上着や、極上の柔《やわ》らかさだろうカラー

タイ。身体にぴったり合うように仕立てられた上品な服は、明らかに貴族、それも上流の貴族のものだ。

しかし、それを身につけている本人が不自然だった。

年格好からすると、この屋敷の主人である侯爵だと推測できるのだが、髪の毛や服のいたるところに何故か葉っぱを付けていて、よく見ればその高そうな服も土埃《つちぼこり》で汚れている。何かが台無しになっている外見だ。

紺色にも見える艶やかな黒髪は緩く癖《くせ》付いていて、元々は後ろへ撫《な》でつけていたのだろうが、今はだらしなく前へと落ちてきている。驚愕に見開かれた眼は髪よりも濃い黒色だ。顔立ちはどちらかというと柔らかくはなく、彫像のような硬い印象を受ける。それも一流の芸術家によって美しく彫り上げられた彫像だ。つまり、本来ならばとても上品な紳士に見えることは間違いないだろう。

だというのに、今の驚いた顔は間抜けにも見えるし、いい年をした男性がまるで外で転げまわってきましたと言わんばかりの格好では、侯爵という地位が泣いている。

本当に、この人が？

アンジェリーナが訝《いぶか》しく思って眉を顰《ひそ》めた瞬間、驚いたままの男性が大声を上げた。

「――全然違う!!」

「……は？」

どういう意味だとますます眉を寄せるが、相手はアンジェリーナから視線を逸らし、今度は責めるように家令に声を張り上げた。

「騙《だま》したのか!?」

「私が若様を騙すはずがないでしょう。それよりも奥様を前にしてその格好は何です？　いったいどこを転げまわっていらしたんですか。早くお着替えを」

「ファリノスー」

若様、と家令に呼ばれた男性はそのまま使用人たちに連れられて奥へと消えた。家令のものだろう名前を呼ぶ声だけがしばらくホールに響いていた。

「…………」

いったい今のは何だったのか。

幻だったのかもと目を瞬《また》かせてみても、彼が立っていた場所が土で汚れているのは確かで、ここに誰かがいたことは夢ではないと教えている。侯爵本人だと思ったが、実は違うのだろうか。だとすると誰か、と疑問だけが思考を埋める。

しかし家令はアンジェリーナの疑問の浮かぶ顔など気にもせず、変わったことなど何もなかったかのような態度で促した。

「奥様、お部屋はあちらにご用意しております。荷物はすでに運び入れてございます。侍女をお付けいたしますので、どうぞお着替えを」

「……ありがとう」

とりあえず、着替えをしなければいけないのは確かだ。そう思いアンジェリーナは足を動かした。

　しかし、いったい自分はどこに来てしまったのだろう、という不安と後悔が混ざった気持ちは、動揺として表れていたはずである。

＊

「全然違うじゃないか！」

　デミオンは使用人に押し込められるように自室に戻るなり、後を追って入ってきた家令に対し同じ文句を口にする。怒りをぶつけられながらも、家令は涼しい顔でデミオンの着替えを侍女に手配させた。

「いったい何を聞いていらしたのか。あの姿絵は五歳のときのものです、とお伝えしたはずですよ。まさか五歳のお子様とご結婚されるつもりだったのではないでしょうね？」

「そ、そうじゃないが！　でもそれにしてもあまりにも！」

「アンジェリーナ様は御年二十五歳におなりのれっきとした貴婦人でございます。まさに侯爵夫人となるに相応《ふさわ》しい淑女です。三十を越えてなお庭を転げまわって遊ばれるような方には勿体《もったい》ない女性でしょう」

　たっぷりとした嫌みを絡める家令に、デミオンは土埃の付いた上着を軽く払ってみせるが、少々叩いたところで綺麗になるものではない。

「本日はアンジェリーナ様がいらっしゃるから、外出はなさらずお待ちくださいとお伝えしたはずですが？」

「い、いや、庭の造作で少し気になるところがあってな……」

「庭のことは庭師に任せておけばよいのです。若様がご一緒に作業をされる必要はございません」

「そうだが……いやもう私の格好はどうでもいい！　それより彼女は！」

「アンジェリーナ様が何か？」

デミオンとしても、服を汚してしまったのは大人げないとわかっている。

今日は朝から花嫁が来るのを心待ちにしていたが、待ちくたびれて庭の散歩を始め、庭師が作業しているところへあたり、つい手を出してしまったのだ。

汚れてはならないと思っていたのに、夢中になってしまった自分は紳士としても、この歳の男としてもどうかと思っている。反省もしている。これから着替えてもう一度仕切り直しもする。

放っておくと延々と嫌みしか返ってこないことはこれまでの経験からわかっているので、デミオンは強制的に話を変える。

「あんなに大きいとは聞いてない！　五歳の頃から二十年？　それにしても成長し過ぎだ！」

何が、とは家令は訊き返さなかった。何を指したのか理解しているのだろう。

デミオンは先ほど会ったばかりの、しかし頭の先からつま先までじっくり眺めた相手を思い出す。

動きやすい旅装だが、アンジェリーナの身体付きはよくわかった。柔らかな服を押し上げる胸元、ベルトで締められた腰、まっすぐに伸びた背筋。化粧《けしょう》気がなく、透き通っているかのように白く清らかな肌には、光の具合で金色にも光って見える赤髪がよく映えていた。目じりは少し下がっていて、小さな鼻の下にある唇はぽってりとした厚みがあり、何もつけていないだろうに熟れたように赤い。

簡素な旅装に身を包むその様は清楚《せいそ》でありながら、唇が薄く開くとまったく逆の印象になる。服の上からでもわかる豊満な身体もそれを増長している。

妖艶《ようえん》というのは、ああいうものを言うのだ。

デミオンは五歳の姿からは想像もできなかった現在のアンジェリーナに驚き、戸惑った。

その様子を見て、家令は呆《あき》れた表情を隠さない。

「そのようなこと。大人になれば成長されるのが普通でしょう。正直、大きくて何が悪いのです」

男としては羨ましい限りですが、と続ける家令を思わず睨む。睨んでから、家令の発言に少し気分を害した自分にまた戸惑う。

デミオン自身も、もちろん結婚相手が五歳のままでいるとは思っていなかったが、あの姿絵を見たときから浮かれて現実をあまりよく考えなかったのも事実である。子供が生まれたらさぞや可愛いだろうと楽しみにしていて、その間のことを深く考えなかった。想像は五歳のままだったから、突きつけられた現実に狼狽《うろた》えているのだ。

しかし狼狽えながらも嫌だと思っていないことにも気付いている。

それは家令も悟ったのか、主人の睨みなどいつものことと、深く頷いた。

「さ、着替えをして、今度こそ侯爵としての威厳をもってご挨拶してください。アンジェリーナ様に先ほどのことは夢だったと思ってもらえるよう、紳士な態度でお願いいたしますよ」

「……わかっている」

誤魔化《ごまか》しもきかない家令には何を言っても無駄だと知っているから、デミオンは複雑な顔をしながらも頷いた。

結婚相手との初めての対面に相応しい態度ではなかったと、自分でもよくわかっているからだ。

さてなんと声をかけるのがいいか。

デミオンは新しい服に袖《そで》を通しながら二度目の対面となる結婚相手のことを考えた。

＊

アンジェリーナの荷物は少ない。

嫁《とつ》ぎ先に用意されていると考えたからではなく、元々の持ち物が少ないのだ。普段は家を切り盛りするので手いっぱいで、田舎で生活する分には、ドレスといっても使用人と変わりないもので充分だったのだ。華やかな社交界に出たこともなければ王都に行ったこともないので、ドレスを新しく仕立てる必要性を感じなかった。

それでもよそ行きのものとして何点か、亡くなった母のものに手を加えたドレスを持ってきた。他に財産と呼べるものは、父から母の形見《かたみ》にと受け取ったブローチくらいだ。

この結婚を申し込まれたとき、侯爵家から支度《したく》金なるお祝いが用意されたが、身の回りのものは侯爵邸に揃っているので身ひとつでお越しくださいとも言われていた。なのでそのとおりほとんど荷物もなく来てみたが、やはり言葉どおりに受け取るのはまずかっただろうかと、用意された部屋を見て背中に冷たいものが伝う。

「奥様のお部屋です」と侍女が招き入れてくれた部屋は、子爵家での自室がゆうに三部屋は入りそうなほど広い。寛げるリビングに衣装室に寝室。これらがアンジェリーナの私室になると言われても身の置きどころがないほど広過ぎる。衣装室にしても、しまうものがなさすぎて、数着のドレスを並べるほうがかえっておこがましく感じた。

「奥様、さっそくドレスをお作りしましょうね」

「そうです。間に合わせにいくつか用意したものは、すぐに寸法を直して着ていただけるようにいたしますが、ちゃんと奥様にお似合いのものをお作りしなければ」

「ええ、もう想像以上で、お針子《はりこ》たちも腕がなると思います」

数人の侍女たちがアンジェリーナの少ない荷物を片づけながら楽しそうに言い合っている。指示をしようにも、少ない荷物はあっという間に衣装室や棚に収められてしまった。

そして持ってきた荷物の中から、一番手を入れていた赤いビロードのドレスを取り、アンジェリーナに着替えを促す。

「このドレスもとってもお似合いです」

「ありがとう……」

お礼を言ったものの、この部屋の調度品に比べれば粗末《そまつ》なものだと誰が見てもわかるだろう。これに着替えるしかないとわかっていても、これでいいのだろうかと不安が募る。

しかし侍女たちはそんなことは顔にも出さず、アンジェリーナの着替えを手伝ってくれている。

「奥様、私はお茶のご用意をしてまいります。長旅でお疲れでしょう、さっぱりしたものにいたしましょうか。それとも甘いものがよろしいですか？」

侍女のひとりに問われて今の状態を振り返る。気持ち的にはさっぱりしたいが、脳を働かせ過ぎて疲れがひどいと感じた。

「じゃあ、甘いほうをお願い」

「畏《かしこ》まりました」

よく躾《しつ》けられた礼でひとりが部屋を出ていく。他の侍女たちは簡易なドレスを脱がせて新しいドレスを着せてくれる。コルセットの紐を背中で結ばれると、きゅっと身体が締まり背筋が伸びた。

改めて、違う家に来たのだと実感してアンジェリーナは緊張が込み上げ、細く息を吐いた。

アンジェリーナの髪を直しながら、明るい侍女たちはお喋《しゃべ》りをやめない。

「それにしても、奥様は本当にお綺麗で……」

「そうね、若様もきっと夢中になってしまわれるでしょうね」

「スタイルもよろしくて。いったいどうしたらこのようなお胸ができるのかしら？」

「いやだあなた、はしたない！」

「申し訳ありません奥様！　でも羨ましくて」

賑《にぎ》やかな侍女たちを、アンジェリーナは微笑ましく見守る。こんなに女性が集まって、笑い合うことなど実家では考えられないことだったからだ。楽しそうな侍女たちのお喋りを聞くだけで、アンジェリーナも楽しくなってしまう。

話題に上っているのが自分のことだと思っても、褒《ほ》められているのだから悪い気はしない。しかしながら、指摘された身体、それも胸については何ともいえない感想しかなかった。

「別に何をしているわけでもないのだけど……」

アンジェリーナの胸は、控えめに測っても標準女性より豊かだった。いつもは首回りまで隠れるような服しか身につけないため目立つことはないが、このドレスは大きく胸元が開いている。誰でも一度はここに視線を向けるだろうことはアンジェリーナでもわかる。わかるからこそ、困ってしまうのだ。

身体で目立ちたいわけではない。正直なところ、弟が結婚するまで自分が結婚するということを考えてこなかったから、服装はもちろん、自分の身体にすら頓着《とんちゃく》しなかった。だがここにきて、もしかしたらこの身体はあまり良くないものかもしれないと思い始めた。

侯爵の妻になるとして、身体に特徴があるのははしたないことではと不安になってくる。

「御髪《おぐし》も柔らかくて、とても纏めやすいですわ」

そう言った侍女は、アンジェリーナの赤髪をあっという間に見たこともない形に結いあげてくれた。そのときに髪に留められた飾りや、当然のようにつけられた首飾りにアンジェリーナは驚いた。

「……ま、待って？　これは？　私のでは……」

「奥様のものです」

「侯爵夫人に若様からの贈り物です」

「ええ、よくお似合いです」

にこにこと褒められ、アンジェリーナの反論は止まってしまった。

胸元に直接触れる大きな首飾りは重く、まるで金貨をつけているような気持ちになる。それほどつくりは丁寧で、豪奢なものだ。子爵の身分では一生かかってもつけられるものではないだろう。そして姿見に映った自分を見て、アンジェリーナは言葉を失った。

満足そうに侍女たちは頷くが、確かに、赤いドレスを身に纏ったアンジェリーナは今までで一番綺麗になっていた。しかし姿見に映った自分は何ともいえない顔をしていた。

金の混じった赤毛は複雑に編まれ、深い緑色の飾りものがよく映える。自分でも小さいとは思えない胸を覆う赤いビロードのドレスは腰で細く括《くび》れ、スカートの部分はふんだんに使われたパニエのおかげでよく広がっている。キラキラと輝く首飾りの上にある自分の顔は、榛色《はしばみ》の瞳と少し下がった目尻が印象的で、真ん中にある鼻は少し低めだが、唇は赤く色付いていた。

これが、私？

実家の子爵家では、動きやすさを重視した服を着て、面倒だからとろくに化粧もしなかった。髪も適当に纏めるだけで、自分は誰よりも平凡な人間なのだとアンジェリーナは思っていたのだ。

衣装ひとつで、髪型や化粧の変化だけで、こんなにも変わってしまうものなのかと茫然とした。自分で見ても、このまま社交界に出ても恥ずかしくない姿だと実感した。これが侯爵家の侍女たちの力なのかと感心する。

姿見に映る自分をじろじろと眺めると、やはり胸が強調されている気がする。もう若くもないのにこんなに大きく開いていては、はしたなくないだろうかと、綺麗になった自分にかえって心配になった。

「……あの、他のドレスにしようかしら？」

持ってきた数着のうちには、もう少し大人しいものがあったはずだ。しかし、侍女たちからは賛同は得られなかった。

「まぁ奥様！　とってもお似合いですのに！」

「本当に、お綺麗です」

「若様と並ぶと、きっとお似合いでしょう……」

最後に小さく、見た目は、と聞こえた気がしたが、にこにこしたままの侍女たちの様子を見るに、貶《けな》しているわけではないようだ。

そのときちょうどお茶が運ばれ、アンジェリーナはソファに座りながらここへ着いてからずっと気になっていたことを訊いた。

「あの、その若様っていうのは？」

話の流れから、侯爵本人のようなのだが、とてもその呼び方が似合う年ではなかったと相手を思い出す。仕事を終えた侍女たちはほとんど部屋から去っていて、ひとりだけ残った侍女が笑顔で答えてくれた。

「デミオン様です」

「……侯爵様よね？」

「はい」

自信満々に答えられ、アンジェリーナはますます困惑する。

「どうして侯爵様が若様なのかしら？　お立場からすると、もっと別の呼び方が……」

「それは若様が一人前ではないからだと家令のファリノス様が！」

「……え？」

「ご結婚されないと一人前ではないとのことです。だから若様はまだ若様なのです！」

「……え？」

笑顔のまま力を込めて説明する侍女に、アンジェリーナはさらに首を傾《かし》げてしまう。

結婚していないから若様なの？　なら結婚していないのに、どうして私は奥様なの……？

根拠がおかしい。何かずれている気がすると混乱していると、その家令がアンジェリーナのもとを訪れた。

着替えた侯爵を連れて、である。


アンジェリーナの前に再び現れた侯爵は、どこから見ても侯爵だった。

櫛《くし》の通った髪は丁寧に後ろで結ばれ、身体に合った衣装に汚れもほつれも見当たらない。堂々とした姿も、年相応の貴族そのものだった。

葉っぱを付けた姿はアンジェリーナの見間違いだったのではと思うほどだ。

その侯爵に上から下まで、またじろじろと見られて、アンジェリーナはもう一度緊張する。何かおかしいところがあるのか、やはりこの格好がはしたないのかと、動揺していると、侯爵は強い視線のまま言った。

「私は子供が欲しい」

「………はい？」

「子供がつくりたいんだ」

「……は」

「早くつくりたい！」

真面目な顔で、最後には力いっぱい宣言され、アンジェリーナは間抜けにも開いた口がふさがらないまま、固まった。

突然何を言い出した!?

結婚すれば子供ができるのも普通だろうとは思うが、それだけを力説されて、ではつくりましょうなどと受け入れられるはずがない。

「若様」

「がっ」

「いくら奥様が美しいからといって自制心を失くすのはまだ早いですよ。物事には順序というものがあるのをご存知ですか」

そう言う家令が侯爵の後頭部を思い切り叩いたような気がしたが、あまりに一瞬のことだったのでアンジェリーナの見間違いかもしれない。しかし叩かれたらしい頭を手で押さえて、侯爵は恨めしい目を家令に向けている。

「……わかっている、だが跡継ぎの件はお前たちも再三言ってきたことじゃないか」

「そのとおりですが……若様に女性へのアプローチを期待した私が愚かでした」

　何事もなかったように会話をしているが、会話の内容も主従とは思えないようなものだ。侯爵といえばこの国で三人しかおらず、国王にも気軽に謁見できる貴族中の貴族として下にも置かない扱いをするべきだと思っていたのだが。この相手は本当に侯爵なのだろうかとアンジェリーナの頭にもう一度疑問が過《よぎ》る。

　そこで、気安い言い合いを終えたのか切り上げたのか、家令がにこやかな笑顔をアンジェリーナに向けた。

「奥様、若様の失礼をお許しください。改めまして、私がルーツ侯爵家の家令を務めておりますファリノス・バッツでございます。これより奥様に不自由なくお過ごしいただくため、家臣一同精いっぱいお仕えいたします。さて、ではさっそくこれからの予定をお伝えいたします。まず結婚式は予定どおり二日後に行います。大丈夫でございます、足りないものは奥様ご本人と婚礼衣装だけでしたが、お針子がこれより取り掛かりまして確実に当日に間に合わせます。その他……」

「ま、待って！」

「はい。何か？」

「け、結婚式が二日後って……本当に？　そんなに早く？」

「ええ、もちろんでございます。そもそも奥様のご到着を待って、との予定でしたので」

　流れるような家令の説明に、アンジェリーナは戸惑いしかない。

結婚するために侯爵家に来たが、本当に結婚するのかどうかは相手の反応次第だとも思っていた。つまり侯爵に気に入られなければ実家に帰されることも覚悟していたのだ。

アンジェリーナは、先ほどから黙ったまま視線だけを向けてくる侯爵と目を合わせた。

「侯爵様、私とのご結婚、本当によろしいのでしょうか？」

「異論はない」

「……でも、先ほど、違う、と侯爵様が」

あっさりと返事をされたが、初対面で「全然違う」とアンジェリーナを全否定するようなことを言ったのも事実なのだ。あれが夢でなければ事実のはずだ。これはちゃんと聞いておかなければと思うのだが、侯爵本人は少し気まずそうにしたものの、きっぱりと頷いた。

「あれは、ちょっと、想像とちょっと違っただけだ。気にするな。私は君で構わない」

いったいどんな想像をしていたのか知りたいところだが、侯爵は真面目な顔でアンジェリーナを見つめてくる。

「私と結婚するのが嫌か？」

「……いいえ」

「私と子供をつくるのが嫌か？」

「……い、いえ」

戸惑いながらも、アンジェリーナの返事はそれしかない。

きっと顔が赤いはずだ。こんなことをはっきりと聞かれるとは思ってもいなかったのだ。それでも侯爵は真剣だった。

「なら、結婚しよう」

「……はい」

ここに、正式にアンジェリーナと侯爵との結婚が決まったのだった。

傍で控えている家令と侍女たちは、とても満足そうに笑って祝福をしていた。

何もかも用意できているという家令の言葉は嘘ではなかった。

結婚式当日までにアンジェリーナがしたことといえば婚礼衣装の補正のための採寸と、式の段取りの打ち合わせくらいである。打ち合わせといっても、侯爵の隣で微笑んでいれば大丈夫と言い含められたくらいだ。

あまりにも簡単過ぎて、本当に結婚するのだろうかとアンジェリーナは婚礼衣装に身を包みながらも不思議だった。

真っ白な衣装は腕の良いお針子たちの傑作《けっさく》と言ってよかった。

白地に金糸の刺繍《ししゅう》は目が痛くなるほど細やかで美しい。豊かなアンジェリーナの身体をさらに強調させる形だが、今までコルセットすらろくにつけない生活をしていたのだ。慣れない装いに緊張が増す。

隣に立つ侯爵が同じ白地の礼服に身を包み、それが恐ろしく似合っているために気後れしていたのもある。どうしてこの侯爵の相手が自分なのか、アンジェリーナはここにきてもまだ不思議に思うところだった。

初対面の姿はどうかと思ったし、二度目の対面も何かずれを感じたが、三度目にこの姿を見れば、アンジェリーナは祭壇の前に立つ侯爵に何か思惑があるのではと訝《いぶか》らずにはいられない。

どうして、私と結婚するの……？

アンジェリーナと侯爵はあの玄関でのときが初対面のはずだし、住んでいる場所も国の端と端に近く、どこかですれ違うようなこともちろんない。

侯爵は、素晴らしいほどの男ぶりだった。

アンジェリーナより頭ひとつ分高く、すらりとした見た目でありながらジャケットを羽織った身体は厚みがあり、鍛え抜かれているように思う。実際、剣術があまり得意でなかった弟は背丈だけはあるがひょろりとした印象だった。

年が違うからかしら……

弟は十七歳、侯爵は三十三歳。

弟も成長するとこんな風になるのか、と思いつつ、アンジェリーナは侯爵の顔をこのとき改めてきちんと見た。

睫毛《まつげ》に縁どられた目は切れ長で、真面目な顔をしていれば鋭さも窺《うかが》える。すっと通った鼻筋と、少し薄い唇。整えられた眉に、アンジェリーナはごくりと喉を鳴らしてしまうほど緊張した。

侯爵でありながら顔も良い。立ち姿も美しい。性格まではわからないが、そんな人が地方の子爵令嬢を妻に迎えるなんて、やはり信じられない気持ちだった。

それでも淡々と式は進められ、集まった侯爵の親族と家臣たちの前で誓いを済ませて結婚誓約書にサインを入れた。後日王都に向かい、これに国王の署名をいただくらしい。それで完全にアンジェリーナは侯爵夫人となる。

慌ただしい式になったはずだが、来られるだけの親族が集まったようで、それぞれアンジェリーナへ挨拶に来てくれた。

「アンジェリーナさん、いや、侯爵夫人。ご結婚おめでとう。本当に、おめでとう」

「いや、ありがとう。デミオンと結婚してくれて、本当にありがとう」

「こんなに綺麗な方がデミオンと一緒になってくれるなんて、こんなに喜ばしいことはないわ。ありがとう」

「はい……？」

侯爵の大叔父であるとか遠縁の伯父であるとか叔母であるとか、侯爵家に連なる彼らの身分を考えると敬遠されてもおかしくない子爵令嬢を、手放しで受け入れて喜んでくれることに戸惑わないはずはない。

そしてお祝いと共にお礼を言われるのはどうしてだと考えてしまうのだ。

侯爵様なら、ご結婚相手なんてよりどりみどりだったでしょうに……どうして私に？　そもそもの疑問が、ここにきてはっきりとアンジェリーナに浮かんだのだが、もはや訊けるような状況ではなかった。

「早くに亡くなったデミオンの父も喜んでいるだろう」

「そうね、それにこれからは子供たちをこちらに遊びに来させてあげることができるわ」

「アンジェリーナ様は……子供はお好き？」

にこやかに、そして安堵している様子の親類たちが、子供についての質問だけは少し緊張しているようにも見えた。この状況で緊張しているのは自分だけのはずなのに、と思いつつ素直に頷く。

「はい。好きです」

基本的に子供は好きだし、弟の面倒を見ていたアンジェリーナは子供の教育に対して少し自信を持っていた。

もちろん、子爵と侯爵とでは身分が違うから弟と同じように育ててはまずいだろう。それでも躾《しつけ》の面では、親としての務めは果たせるはず。

侯爵本人もだが、ここへ集まった人々も子供のことを非常に気にしているようだ。

それもそうか、跡継ぎがいない状態だったんだから……

親類一同の期待を一気に背負った気がして、緊張が増した。もう後戻りはできないのだ。

侯爵夫人となったからには子供を産むことも仕事のひとつなのだと自覚しながら、その相手となる侯爵にそっと視線を送った。本当に相手が自分でいいのかという不安がまだあったからだが、視線の先に答えはなかった。

他の親族の相手をしていた侯爵は、アンジェリーナの視線に気付きそのままじっと見つめ返すだけだったのだ。

しかしその真剣な眼差しに、何が求められているのかをじわりと感じて、アンジェリーナは顔が熱くなるのを抑えられなかった。

結婚式後の披露宴もそこそこに、アンジェリーナは自室に戻り凝った婚礼衣装を脱ぎ、侍女に手伝ってもらいながら湯浴《ゆあ》みをした。その後は用意された夜着を着せられる。いつもより薄い生地でできているのは気のせいだろうかと顔を赤らめた。

「奥様、旦那様がお待ちです」

ガウンを着せられて侍女に案内されたのは夫婦のための寝室だ。もちろんこの部屋に入るのは初めてで、他の部屋より一段と豪華であり、さらにいくつも燭台に火が灯り壮麗な雰囲気を醸し出していたが、中にすでに侯爵がいたことにも驚いた。

アンジェリーナが先に部屋へ下がったとき、彼はまだ親類や友人たちへ挨拶を続けていたはずなのに。

いったいいつの間に……

そう思っても、目の前にいる彼は現実だ。

音もなく侍女が部屋から下がり、寝台のある空間に男性と二人きり。そう思うとアンジェリーナの緊張が高まる。

侯爵も礼服を脱ぎ、ゆったりとしたシャツにトラウザーズだけになっていた。アンジェリーナと同じように湯浴みは済ませたのか、少し濡れた髪がそのまま後ろへ撫でつけられていた。幾分さっぱりした顔が、まっすぐアンジェリーナに向けられる。

強い視線に居心地が悪くなり、身じろぎしながらもアンジェリーナは覚悟を決めた。

「……侯爵様、これから、どうぞよろしくおねが……えっ」

とりあえず挨拶をと思っていたのに、その途中で強い手に引き寄せられ、そのまま寝台に転がされる。気付けば柔らかなシーツの上で侯爵を見上げている状況だった。

え、いったい、いつの間に……？

驚きながらも、侯爵の真剣な目に、一度決めた覚悟が揺らぐ。

貴族の娘として行き遅れの年であるが、知識としてこれから行われることを知ってはいる。しかし初めての行為である。緊張しないはずがない。しかも自分より大きな相手に無言でのしかかられて怖くないはずがないのだ。

「……アンジェリーナ」

「……はい」

無言のままの侯爵が、ようやく呼んだ自分の名前に緊張が少し解れる。

「……君の子供は可愛いんだろうな」

「……はあ」

ここでも、やっぱり子供の話？

本当に子供が欲しいのだな、とアンジェリーナは曖昧《あいまい》な相槌《あいづち》を打つしかない。

「幼い頃の君は今まで見た子供たちの中で一番愛らしかった。赤毛があれほど似合うものもいないだろう」

「はぁ……」

自分の幼い頃の姿など、いったいいつ見たのだろうとアンジェリーナは首を傾げるが、侯爵はこちらの戸惑いも曖昧な返事も気付かないのか、独り言のように続ける。

「子供はひとりよりふたり、多ければ多いほどいいと思う。私は兄弟がいないから、賑やかな家庭に憧《あこが》れる。私は父親として、誰より子供を可愛がるつもりだ」

滔々《とうとう》と続けられる侯爵の言葉に、アンジェリーナは居心地の悪さを感じていた。

アンジェリーナの相槌も必要としない侯爵は、真面目な話をしているようで、視線はその下、アンジェリーナの胸元から動かないのである。

それって胸を見ながら言うこと？

いったいこの状況はどういうことなのか、わからなくなってアンジェリーナは独り言を続ける侯爵へ手を伸ばした。

「あの……」

「子供は人類の宝だと思う。彼らは誰よりも愛され育てられるべきものなんだ」

それは、そう思うけど。

声をかけたものの、止まらない侯爵にアンジェリーナは母の代わりに育てた弟のことを思い出す。

幼い弟は甘えたがりで、母がいないとすぐに泣いては父を困らせていた。アンジェリーナも弟のことは誰より可愛いと思っていたが、甘えさせるだけでは子供は成長しない。そもそも弟は父を継ぐ立場でもあったのだ。母の代わりに自分が一人前に育てなければと齢十歳でアンジェリーナは心を決めた。

それから十五年、全力で、できる限りのことを弟にしてやったつもりである。まだまだ甘いところもあるが、真面目な青年となった弟も妻を娶れるほど成長した。弟より三つ年上の女性を伴侶に選んだときは少し驚いたが、姉のようにしっかりしたところが好きだとこっそり教えられて、アンジェリーナが嬉しくならないはずがない。

遠方へ嫁ぐことになったアンジェリーナのことを最後まで心配していたから、無事結婚できたことを報告して安心させてあげなければ、と考えていると、侯爵の独り言が止まっていることに気付いた。

胸に下りていた視線がいつの間にか、まっすぐアンジェリーナを見ている。

「……どう、」

「何を考えている？」

「……弟のことを」

それまで熱に浮かされたような声で熱心に語っていたのに、強い視線と低い声で問われて、戸惑いながらもアンジェリーナは素直に答える。誤魔化すことでもないと思ったからだが、侯爵は不機嫌さを隠しもしないで片眉を上げた。

「今？　この状況で？　どうして、何のために？」

どうしてもなにも、侯爵の言葉に触発されたのに。

そう言いたいのに、アンジェリーナの唇は開いただけで声は出てこなかった。

侯爵の顔がそのまま胸元に下りてきたからだ。

「まったく今から何をするのかわかっているのか？　大事な初夜を迎えるというのにずいぶん余裕だな。それに——他の男のことを思うなど、何を考えているのか」

「……っん、や、あの……っ」

薄い夜着は簡単にはだけられて、顔を埋めながら発せられるくぐもった声は、吐息と一緒に肌にかかる。アンジェリーナは急に現実に戻された気がして動揺した。

さっきまで！　よくわからないことを話してたのはそっちなのに！

唇はそのまま肌に吸い付き、次第に柔らかさを確かめるように胸を食《は》む。そして両手で夜着ごと乳房を摑み、強く何度も揉《も》みながらまた胸に顔を押し付ける。

「あっあ、あの、そこ、に……っ」

どうして顔を寄せるのか。

心臓がうるさくなっているのが知られてしまいそうで、アンジェリーナは戸惑いつつ少し湿った侯爵の髪に手を触れる。それを機に顔を上げた侯爵の視線は、さらに強くなっていた。

「私のことだけを考えていればいい。君は、私の子供を産むのだから」

「――っ」

腰を押し付けられたのは、絶対わざとなのだろう。

顔が赤くなっているだろうアンジェリーナを、侯爵は目を細めて笑った。少し軽薄にも見える笑顔が、整った顔に似合い過ぎてアンジェリーナは少し怖くなる。

しかし正直に怖いと言うのも躊躇われて、気持ちを誤魔化すために侯爵を睨みあげた。

勝手なことを話し、勝手なことばかりする侯爵に振り回されている自分に怒っていたのもある。

ますます怒られるだろうかと危惧《きぐ》したが、返ってきたのは口端の上がった笑みだった。

「誘っているのか、煽《あお》っているのか……どっちにしろ、君の責任だな」

「な、ん……っ！」

抗議の声は、唇の中に消えた。

まさに「食われる」という激しいものが、アンジェリーナにとっての初めてのキスだった。

侯爵のキスは執拗《しつよう》だった。

思わず息を止めたアンジェリーナの呼吸も奪ったのではと思うほど、音を立てて吸い付かれたのだ。舌は口腔を舐《な》めつくし、縮こまっていたアンジェリーナの舌を擽《くすぐ》って絡め取り、溢れた唾液すら奪われ、初めてだというのに怒涛の流れにすでに翻弄《ほんろう》され眩暈《めまい》がしていた。

そして掌《てのひら》は吸い付いたように胸から離れない。夜着のはだけた肌に直接触れ、形を変えることが楽しいというようにずっと揉み続けている。唇を奪いつくし満足したのか、侯爵はアンジェリーナの顔や耳、首筋から肩や鎖骨まで何度もキスをして、時折舐められ、驚いた身体が悲鳴を上げる。

「あっ、あ、も、う、侯爵さ……っあぁ！」

ちゅう、と大きな音を立てて吸ったのはアンジェリーナの大きな乳房の先端だ。

そんなところ舐めないで。

そう言いたいのに言葉はうまく紡げず、押し寄せてくる何かと恥ずかしさに赤くなった顔を見られたくなくて腕で覆う。今まで意識したこともなかったが、身体に触れられるということがどういうことなのか、結婚するということがどういうことなのか思い知らされて、心臓はうるさいくらいに高鳴っていた。

胸を触られているくらいで、と冷静になろうと必死になるのに、侯爵は掌も唇も使ってアンジェリーナを翻弄する。身体が勝手に熱くなって、羞恥心《しゅうちしん》で理性が消えそうだ。

「や、もう……っ胸、ばかり」

胸の間に顔を埋めてまさに頬ずりするような侯爵に、どうしてそこだけに集中するのかアンジェリーナは抗議の声を上げる。それを聞いた侯爵はようやく満足したように手を下へずらした。

「他も触って欲しいのか？」

「ん……っ」

そういう意味じゃない！

言い返したい言葉を、唇を噛みしめて殺した。侯爵の手は夜着の裾を捲《まく》り上げるように脚に触れ、思わず逃げようと身体を捩《よじ》るアンジェリーナの腰を摑み寝台に押し付ける。

「……細いな」

「……普通、です」

侯爵の大きな手に摑まれれば、アンジェリーナの腰も細く見えるのだろう。女として嬉しい気持ちが胸の奥に生まれるが、それを認められるほど羞恥は小さくなっていない。

その心を読んだように、侯爵が目を細めてアンジェリーナを見下ろす。

「普通、ね」

「……普通ですっ」

むき出しになった胸をまたじっと見つめられて、何の大きさのことだととっさに腕で隠す。赤い顔が見えてしまうが、どちらも隠すのは無理だ。なんでこんなに恥ずかしいのだろうとアンジェリーナは怒りさえ込み上げてきて、夫になった侯爵を睨みあげた。

強く睨んだはずなのに、侯爵はその視線を怖いくらいに真剣な顔で受け止めた。

「……だからその顔は、もっと誘っているんだな？」

「は？　え……っ、あっ！」

侯爵の手は裾から脚を辿《たど》り、そのまま付け根の間に入り込む。柔らかな下着の上からなぞられて、アンジェリーナは自分のそこが濡れていることに気付いた。アンジェリーナが気付いたくらいだ。侯爵も気付いたはずだと思い至りさらに顔が熱くなる。

「や、あっあっ」

逃げ出せるはずもないが、今すぐ走って逃げたい。

強く願っても、アンジェリーナができたのは身体を捩って顔を隠すことくらいだ。しかし侯爵の力は強く、アンジェリーナから離れない。下着の中に指を差し込み、熱い襞の中が濡れていることを何度も確かめるように撫でる。

「いやぁ……っ」

「いやでここが濡れるか」

こちらは恥ずかしくて堪らないというのに、冷静な侯爵の声がアンジェリーナをもっと高揚させる。

「ひあ……っあんっ」

長い指が襞を探って中へ潜り、鉤《かぎ》型にしてそこを擽る。アンジェリーナは思わず出た自分の声が信じられなかったが、侯爵は満足したように、顔を背けたアンジェリーナの耳に唇を寄せた。

「……気持ち良くなったか？」

「……っも、もう、もうっいいですっ」

最終的に何をするのかは、アンジェリーナも知っている。

今やっていることが、アンジェリーナの負担を減らすために必要なことだろうことも理解できる。それでも、余計な一言は必要ないと思うのだ。

耳元で囁かれても、身体はびくりと反応するだけで、ますますどうしていいのかわからなくなる。からかわれて、弄《もてあそ》ばれているようで、アンジェリーナは一刻も早く終わって欲しいと、この先を望んだ。

しかし、侯爵の返事はアンジェリーナを青くさせるものだった。

「馬鹿を言うな。もっと濡れてもらわなければ挿《い》れられるはずがない」

「え……っ」

一度身体を起こした侯爵は、そのまま夜着を捲り上げて下着を脱がし、指で散々弄《いじ》った場所に顔を寄せた。アンジェリーナの悲鳴が、寝室に大きく響く。

「や、やぁっ！　だめ、だめですっそんなとこ……っん――っ」

脚を広げさせられて、自分でも見たことのない場所に侯爵の顔が埋まる。こんなに恥ずかしいことはない。これなら胸を舐められるほうがましだと思っているのに、アンジェリーナの必死の抵抗も気にならないのか、侯爵は熱くなった秘所を舐め、指と同じように舌で擽る。

堪えきれない涙が目じりを伝う。悲鳴のような声が泣き声に変わっても、侯爵は執拗に舌と指で責めてくる。嫌だと思いながら、恥ずかしいと知っているのに、身体は熱い。侯爵の思うまま、追い上げられているのが嫌でもわかった。

「んあぁっあ、あぁ……っ」

ぬぷりと指がアンジェリーナの中に挿《はい》ってくる。ぴり、と痛みが走ったはずなのに、その痛みすら他の指や舌の愛撫《あいぶ》に掻《か》き消されてしまうようだ。

自分の身体はこんなにはしたないものだったのか。

いたたまれなくなり、シーツを力いっぱい握りしめ、せめてこれ以上乱れることのないようにと我慢するのに、さらに深くを探ろうとする侯爵にもっと翻弄される。

「こ、こうしゃ、く、さまぁ……っだめ、だ、めです……っも、おかしく、なる……っ」

腰が疼《うず》く。必死で抑えているのに、勝手に揺れようとする。

じわりじわりと何かが身体の中を埋めていき、どこかへ押しやられているようで、自分ではそれを止められない。

これ以上は無理だと泣いて頼むのに、侯爵の言葉はあっさりと、そして無情だった。

「おかしくなればいい」

「あああぁ――――っ」

短い言葉の後でそこを強く吸い上げられて、アンジェリーナは一瞬何が起こったのかわからなくなるほど大きな悲鳴を上げていた。

身体が絶頂に達したのだ。

達したばかりの身体が、その余韻で短い呼吸を繰り返す。

ばらばらになった自我を集めたいのにどうしたらいいのかわからず、ただ震えてそれをやり過ごそうとしているアンジェリーナを、侯爵は簡単に現実に引き戻した。アンジェリーナの身体に残っていた夜着を脱がせてしまうと、荒い仕草で自分の服も脱ぎ捨て、もう一度胸から弄り始めたのだ。

「ん……っん」

「アンジェリーナ……」

熱い呼吸の合間に名前を呼ぶ侯爵は、その唇を腹部から下へずらす。

もう一度同じことをされたら、アンジェリーナには耐えられそうもない。せめて時間が欲しいと手を伸ばして止める。

「ま……待って、ま、って」

「……もう待てない」

「ひぅ……っ」

侯爵の声はやはり無情だ。強く腰に吸い付いた後アンジェリーナの脚を広げ、むき出しになった性器を濡れた襞へと擦り付ける。

指でも舌でもない、大きく熱い塊は、アンジェリーナの不安を煽った。

侯爵が腰を揺らすのに合わせて、ぬるぬるとした雄がアンジェリーナの柔らかな雌を割って入ろうとする。ばらばらになった身体が、そのまま固まってしまいそうだった。

こんなことで本当に受け入れられるのだろうか。

アンジェリーナが真っ赤にしていた顔を不安で青くさせたのを見て、侯爵はその顔に何度もキスを落とした。知らず嚙みしめていた唇を何度も啄《ついば》み、解けたところで大きくそれを塞ぐ。

「ん……っ」

もう一度忙《せわ》しないキスをしながら、侯爵の手はアンジェリーナの肌をなぞっていた。涙に濡れる目じりを拭《ぬぐ》い、竦《すく》んだ肩から指先まで伝い、気に入った乳房は形を辿るように撫で、硬くなった先端を指先で擽る。

荒く激しい愛撫をした後で、さらに強《こわ》いものを押し込めようとしているというのに、手はアンジェリーナを宥《なだ》めるような優しさを持っている。そうされるうちにアンジェリーナはもう一度身体が熱くなってくる。この短時間で、侯爵はアンジェリーナ本人よりもアンジェリーナの身体のことを知ってしまったようだ。

「はぁ……アンジェリーナ」

「ん、ん……っ」

糸を引くようなキスから解放されると、熱い声が耳に届く。

ずるい。

そんな声で呼ばれると、何も言えなくなる。

侯爵の手がアンジェリーナの脚をさらに広げて、熱い塊で貫こうとしている。

アンジェリーナもやめて欲しかったわけではない。結婚した以上、夫婦の営みは必要条件だ。それが貴族の結婚でもある。それでも甘えたことを口にしてしまったのは、アンジェリーナの弱さだったのだが、それを名前ひとつで抑え込む侯爵になんとなく面白くないものを感じてしまう。

「食いしばるな。口を開けろ」

「ん、あ、ああああっ！」

言われるまま、知らぬ間に力を入れていた唇を緩めた瞬間、ぐうっとアンジェリーナの中に侯爵が埋まった。

身体が引き裂かれるような痛みがアンジェリーナを襲い、開いた口から悲鳴が溢れる。

柔らかくなっていた身体はまた硬くなってしまったが、侯爵が引くことはなかった。

「……っ狭い、キツい……まずい、イきそうだ」

アンジェリーナも痛いが、侯爵も苦しいようだ。荒い呼吸の合間に漏れる声でそれがわかるが、理性が砕《くだ》けたアンジェリーナの頭ではそれを深く理解することなどできず、押し寄せる波から逃れることだけを考えて泣いた。

「い、いって、もう、いって！　早く……っ」

「……っ」

何を口にしたのかなど、理解していなかった。ただ、侯爵の言葉からしてそれが終わりを示す何かだと気付いて頼んだだけだ。

正直なところ、もう抜いて、というのが本音《ほんね》だったが、息を呑んだ侯爵は反対にもっと深くまで押し上げてきた。

深く大きくなるなんて聞いていない。

その文句は言葉になることはなく、寝室には何度目かの悲鳴が響くだけだった。アンジェリーナの高い声を聞きながら、侯爵は腰を強く揺らす。熱い塊が、まさに何度も突き刺さるという体感にアンジェリーナは、本当にこれが子供をつくる行為なのだろうかと訝しんだ。

定まらなくなった視界は潤《うる》み、嗄《か》れたような浅い呼吸を繰り返し侯爵にしがみつく。密着するように抱きかかえられてしまっては、摑まるものは侯爵しかいない。

「……ッく、は、あっ」

「ん、ん、ん……っ」

ぐっと一際強く突かれたときには、その衝撃で身体がばらばらになってしまいそうだった。しかしその瞬間、歯を食いしばり、耐えかねたような息を吐き出した侯爵が、アンジェリーナの中を濡らした。

身体の一番深い場所でそれを受け止め、アンジェリーナは子供を授かるという行為を理解した。

侯爵が乱れた呼吸を落ち着けるように深く息を吐く。アンジェリーナはぐったりとして、四肢にも力が入らず寝台に手足を広げた。

終わったの……？

ぼんやりとしたまま考えていると、侯爵がゆっくりとアンジェリーナの身体から己を引き抜いていく。

「ん……っ」

身体を貫いていたものがようやくなくなり安堵するはずなのに、アンジェリーナの身体は何か足りなくなったような気持ちになる。

まさか、そんなこと……

自分でも何を考えているのかはっきりとは摑めず、気持ちを落ち着けるために無言の侯爵をようやく見上げると、侯爵はじっと一点を見つめていた。

「……こ、うしゃく、さま？」

「……血が」

侯爵の見つめていた先は、アンジェリーナの中心、さっきまで侯爵自身を受け入れていた場所だ。恐らくシーツには染みが付いているだろう。アンジェリーナは顔を染めた。

初めてのときは、破瓜《はか》の印として血が出るものとアンジェリーナは教育を受けた。本当にそのとおりなのだと驚きながらも、恥ずかしさでさらに顔が熱くなる。

「それは……そういうものですから」

「痛むか」

「……それは」

痛い。

強く擦られた痛みが、身体の中から行為の証拠を伝えている。しかしそのまま言うのも憚《はばか》られた。それというのも、侯爵の視線がまったくそこから動かないからだ。

もしかして……女性を相手にするのは初めてなの？

アンジェリーナは赤い顔を顰めてすぐにそれはないと否定する。経験のない人の手管でなかったのは、初めてであるアンジェリーナにもよくわかった。

そう思うことすら恥ずかしいと、すべてを誤魔化したくて身体に力を入れて脚を閉じようとする。

「あの、もう大丈夫ですから……」

「痛かったのだろう」

「……っん！」

どうにかして侯爵から身体を隠そうと考えているのに、彼の力は強かった。片手で脚をもう一度開き、もう片方の手で秘所に触れたのだ。

ひりついている気がするが、指の背でそっと触れられるだけでもアンジェリーナの身体が震える。まだ全身が敏感になっているようだ。

アンジェリーナはその手をどうにかしたくて、初めてはっきりした抵抗として侯爵の手に自分の手をかけた。

「もう……もう、結構ですから、できればそっとして……」

おいて欲しい、というアンジェリーナの意思は侯爵にはまったく通じていないようだった。侯爵はアンジェリーナの抵抗など気にもせず、そのまま襞の中を探ろうと指を動かす。

「んん……っ」

「結構ではない。これに慣れてもらわねば困る……痛みのない方法を試してみよう」

今、なんて？

アンジェリーナは確かに耳に届いた言葉を否定して欲しくて、赤かった顔を青くして侯爵を見つめ返した。

「赤くなっているな……こんな風になるのか」

「……っ!!」

見ないで、触らないで！

抵抗と一緒に叫びたいのに、うまく声が出せなかった。驚きと不安が混ざり、侯爵の行動にとっさに反応できなかったのだ。

充分女性を知っている大人の男だというのに、場違いなほど感心するように目を輝かせた真剣な顔が、どこか子供のように思えてアンジェリーナはさらに混乱した。

しかし侯爵は、アンジェリーナの戸惑いなど気にならないようだ。

「痛みがあるなら、もっと濡らそう。一晩中挿れていれば……私の形になるのか？」

「ならない！　無理！」

怯えた顔のまま首を振るアンジェリーナだが、侯爵はやはり彼自身の言葉しか聞いていないようだ。

アンジェリーナは脚の間にまた顔を埋めようとする侯爵に、必死に声を上げた。

「こう、侯爵、さまっ、ま、待ってくださ……っむり、もう、むりです……っ」

「無理ではない。先ほどは私も自制が利かなかったが、次はもっと落ち着いてできるから痛みも少ないはずだ。途中までは君も気持ちが良かっただろう」

「…………」

そんな質問に答えられるはずがない。すでにアンジェリーナは許容量がいっぱいなのだ。

羞恥で顔に赤みが戻ったアンジェリーナに、侯爵は整った顔をそっと寄せ、柔らかに微笑んだ。

「君の協力が必要なんだ……できるだろう？」

ひどい。

アンジェリーナは泣きそうになった。

そんな顔でそんな風に言われて、できないとは口に出せない。続けたとしても気持ちが良いとは限らないのに。アンジェリーナはせめて泣くまいと決めて視線を強くして侯爵を見返した。しかし、ついさっき笑っていたはずの侯爵は、アンジェリーナの視線を受けて同じように目を細める。

「……やはり、煽っているんだな？　まったく君は私の自制を振り切るのが好きなようだ」

「ん――っ」

そんなつもりはないという抗議の声は、侯爵の唇の中に消えた。

この夜、アンジェリーナは声が嗄れるまで泣かされ続け、夫婦となった初めての夜は遅くまで続いたのだった。


アンジェリーナが目を覚ましたとき、寝台にはひとりきりだった。

それを寂しいと思うことはなく、安堵したというのが正直な気持ちだ。

布団を剝いで自分を見下ろすと、裸である。侍女には着替えを手伝ってはもらっても、裸を見せたいとは思わない。アンジェリーナは寝台の下に落とされていた夜着を拾い、身につける。動かした身体が軋《きし》むように痛いのは、間違いなく昨夜のせいだろう。

想像と、全然違った……

アンジェリーナは知識として持っていた夫婦の営みと昨日の現実とが違っていたことに、自分の知識が遅れているのか侯爵の手解きが異常なのか、判断できなかった。それでも、恥ずかしいことには違いない。

胸の周りと脚の付け根や腹部に赤い痣《あざ》が集中している。それが何かは、一晩で充分理解した。何やらひどく濡れたような気がするが、今はとりあえず汚れた様子はどこにもない。

誰かが拭いてくれたのだろうか。

そう思って、侍女でなければ侯爵本人に決まっているという事実に気付き、また顔が熱くなる。冷ましたほうがいいかもと、アンジェリーナは寝台の傍に置いてある鈴を鳴らした。

「奥様、お目覚めですか？」

「ええ……今、何時かしら？」

窓から差し込む日差しは明るい。朝の光ではない気がして、アンジェリーナは隣の部屋から現れた侍女に確認する。

「もう少しでお昼になります。旦那様が起こさないように、とおっしゃいまして」

思っていた以上に寝過ごしていたようだ。

実家で暮らしていたときは、日の出と変わらない時刻に起きていたというのに。それも昨日夜更かしをしたせいなのだが、二重の意味でアンジェリーナの頬が染まる。

「湯浴みの用意をしてあります」

「ありがとう……」

至れり尽くせりの立場に、アンジェリーナはもはやそう言うしかない。

寝室の隣にある浴室には、大きな湯船にお湯が張られ、窓から差し込む光がそれに反射してキラキラと輝いていた。

　昼間から湯浴みができるなど、実家では考えられないことだ。改めて侯爵家の力に驚きながら、ありがたく受け入れる。

　そのとき、熱い湯気を逃がすために開けられた窓から子供の笑い声が入り込み、アンジェリーナはふいに気になって小さな窓から外を見る。しかし近くには何も見えない。

「奥様？」

「……あの、子供の声が……このお屋敷、子供がいたのかしら？」

　侯爵に子供はいないはずだ。昨日の結婚式に参列した親族たちにも、幼い子はひとりも見当たらなかった。使用人の子供だろうかとアンジェリーナが考えを巡らせていると、湯浴みの用意をしていた侍女たちの顔が強張《こわば》り、動きがぎこちなくなる。

「……どうしたの？」

　おかしなことを訊いたつもりはないはずと首を傾げる。

「い、いいえ……領民の子供たちが、庭で遊んでおります」

「そ、そうです。旦那様はお優しいので、広い庭を数年前より子供たちに開放しているのです」

　詰まりながらも答えた侍女たちに、なるほどとアンジェリーナは納得した。

　本当に、子供が好きなのだ。

　最初から子供が欲しいと言っていた侯爵だ。自分の子供でなくても、優しいのだろう。

「侯爵様は……本当に子供がお好きなのね」

しみじみとして呟いたのを、侍女たちは複雑な顔をして聞いていたが、アンジェリーナは深く追及することはなかった。

後に、その侍女たちの表情の意味を知り愕然《がくぜん》とするアンジェリーナは、自分がいかに呑《のん》気《き》だったのかと後悔することになるのだった。


湯浴みを終えて、婚礼衣装ほど堅苦しくはないにしても、コルセットをきっちりと締めたドレスに着替えさせられ、アンジェリーナは朝食兼昼食をとるべくガーデンルームへと案内された。

さすがにお腹も空いていたので少しほっとする。そこで侯爵が待っていると言われ、朝の挨拶もしていないことに慌てて早足になった。

しかしその扉の前で、昨夜のことを思い出し顔が熱くなる。

「奥様？」

付き従う侍女にどうしたのかと問われるが、この赤い顔のまま侯爵の前に出るのもどうかと思う。少し落ち着くまで待って、と扉をわずかに開けた状態でアンジェリーナは火照った頬を手で挟み、呼吸を落ち着けた。

その耳に室内の声が入って来たのは、決して盗み聞きをしようと思ったからではない。

「……旦那様、お顔が」

「私の顔が何だと言うんだ……ああ、なんて心地いい声だろうな。瑞々《みずみず》しい声は、小鳥の囀《さえず》りより癒《い》やされる……」

聞き間違いだろうかと、アンジェリーナは熱い顔も気にならなくなってその声に耳を澄ませてしまう。

ガーデンルームに居るのは、侯爵と家令のようだ。

庭に続く扉も開け放たれているのだろう。子供の笑い声も小さく聞こえてくる。

「サシュは背が伸びたんじゃないか？　細い手足があんなにむき出しに」

「数日でですか？」

「カリーンは、ああ……ほら、女の子だというのにまた転んで丸い膝が見えてしまっているじゃないか。ふふふふ本当に可愛らしい」

「転ぶときはズボンを穿くように指導いたしましょう」

「ユキとシャナは本当に仲が良いな……あんなに身体を絡め合って……私も一緒に絡んでこようかな」

「旦那様、ここで奥様をお待ちになる予定では？」

「……ちっ。そうか、まだ起きていないのか？」

「いいえ、お目覚めにはなっておられます。今お支度をされているはずですのでもう少し……」

ガーデンルームから聞こえる主従の会話は、確かにアンジェリーナの耳に届いた。

届いたが、すぐに理解するには難しいものだった。

表情も、感情を失くしたように固まったままで、指先の動きすら止まってしまった。思考が動きを止めたのと一緒である。

しかしいつまでも止まっていても仕方がない。

ゆっくりとアンジェリーナは思考を働かせ、今の会話の処理をしようと試みる。

アンジェリーナの思考を止めたのは、まず侯爵の声である。蕩《とろ》けたというか熱に浮かされたというか聞いたことのない声であり、正直に言うとあまり聞いていたくないものだ。

あの紳士然とした顔で、いったいどこからあんな声を出しているのか、アンジェリーナの想像力では追いつかなかった。いや、どんな顔なのかも想像したくない。

まさかね。声だけだから、変な風に聞こえてしまうのよね。

まるでうっとりと。そんな表現が似合う声を否定したいのだが、相手をする家令の声があまりに冷静で、その温度差にアンジェリーナの動揺が激しくなる。

そしてアンジェリーナのことになると、一気に夢から覚めたようになった侯爵の低い声に、何故かとても重い気持ちになった。

子供が好きだと言っていた侯爵が、子供を見て微笑ましいと感じられるのは良いことだ。良いことなのだが、侯爵の言葉は微笑ましさとは対極にあるような気がして、アンジェリーナは硬直したまま次の一歩が踏み出せないでいる。

「お、おおお、奥様？」

控えていた侍女が、固まってしまったアンジェリーナを心配してそっと声をかけてくる。

大丈夫だ。なんてことはない。さあここを開けて何もおかしなことはないと証明し、朝の挨拶を侯爵にしなくては。

アンジェリーナは、思いすごし、聞き間違いだろうと笑みを浮かべる。その笑みが引きつったものになっているのは仕方のないことだ。

しかし、扉はアンジェリーナが触れる前に、内側から開かれた。

「……奥様」

アンジェリーナがそこにいると気付いた家令が開けたのである。

そしてアンジェリーナの顔を見て、今の会話を聞いていたのだと理解したのだろう。

開いた扉の向こう、家令の背後には、侯爵がガーデンルームの庭に続く窓際に座り、庭に顔を向けているのが見えた。アンジェリーナからはその横顔しか見えなかったけれど、そこには想像できなかったはずの、蕩けたような、熱に浮かされたような、まさにうっとりとした三十三歳の紳士の姿があった。

頭がいくら否定しようとも、それが現実。

いったいこれは何。

最後に、誤魔化してくれないかという希望を持って家令を見たが、その家令はアンジェリーナを見てにっこりと笑い、手を伸ばした。

「……？」

何だろうとその手を見下ろすと、アンジェリーナの後ろから侍従が現れ、厳重に封をされた箱をそこに乗せる。

「王都まで、早馬で走ってもらいました。できる限り急いで、とお願いしただけあって、今までにない早さです」

「……それは？」

侯爵の態度とか、侯爵の顔とか、侯爵の声とか。

他に訊くことはたくさんあったはずなのに、アンジェリーナはそのいかにも大切そうな箱の中身が気になった。

このルーツ侯爵家の領地から王都までは馬車で一泊はかかる距離のはず。早馬を出したというのなら、もっと早くに着いたのだろうが、いったい何をそんなに急いでいたのか、アンジェリーナは気になったのだ。

家令は誤魔化すこともなく、またにこりと笑った。

「旦那様と奥様の、結婚誓約書でございます。国王陛下の署名が、こちらに」

「――――！」

貴族の結婚誓約書は、夫婦となる二人が名前を連ね、国王が認めて初めて正式な誓約書となる。

その誓約書にアンジェリーナたちがサインをしたのは、昨日の結婚式の最後のはずで。

そこから馬で王都まで走り、今帰って来たということは、どれほどの無茶をしたのか想像するのも恐ろしい。しかし現実に、家令は昨日名前を書いたはずの誓約書を広げ、確かに国王の名前が書き足されているのをアンジェリーナに見せた。

そして、アンジェリーナはすべてを悟った。

ルーツ侯爵が、どうして三十三歳まで独り身だったのか。どうして遠く離れた田舎に住むアンジェリーナが妻に選ばれたのか。

親族たちがこの家にようやく子供を連れてこられると言っていた意味を。家令たちが最初からアンジェリーナを奥様と呼んでいたわけを。結婚式を急がせた理由を。そして異様な早さで結婚を成立させた現実を。

アンジェリーナは逃げ場をすべて失くされてから、初めて状況を理解したのである。

夫となった侯爵の視線が、庭で遊ぶ子供たちにくぎ付けで、妻ですら見たことのない笑顔を向けて恐ろしい言葉を紡《つむ》ぎ続けている現実を。

謀《はか》られた!!

アンジェリーナが叫んでみても、誰も賛同してくれない侯爵家で、アンジェリーナの生活は始まってしまったのである。

二章

デミオン・H・ルーツ侯爵が女性を知ったのは十五歳のときである。

その二年前に両親を亡くしたが、周囲の助けもあって侯爵位を引き継いだ頃、後継者のことを考えると独り身もどうかと言われ、結婚を考え始めた。

相手について特にこだわりはなかったが、できれば気の合う相手がいいな、とぼんやり考え始めていたとき、女性をまるで知らないのも困ると、親類の誰かに連れられて貴族御用達の高級娼館に行ったときが最初だ。

侯爵を相手にするのだから用意された娼婦《しょうふ》も厳選されていた。侯爵になったとはいえまだ十五の少年。手練手管《てれんてくだ》に長けた娼婦に夢中になるのはすぐだった。

女性とは、こんなに柔らかく素晴らしいものなのか。

そう思っていたデミオンは若かった。そして夢が崩れるのも早かった。

通い慣れてしまった娼館で、相手の娼婦が部屋を出た間に、少し興味を覚えて娼館の中を案内なしにふらふらと歩いた。誰に会ったとしても侯爵であるデミオンが止められることはないだろうし、誰かと会っても相手を探しているとでも言えば大丈夫だろうと物珍しさもあって娼館の奥まで進んだ。

声が聞こえてきたのは、華やかな表の客室ではなく従業員用の裏側に入り込んでからだ。

「……からねぇ、飲んでないのよ」

その声はいつもデミオンの相手をしてくれている娼婦のものだ。優しい目元が気に入っていた。思わず足を止めて会話を聞いてしまったのに理由はない。ただ、いつもより明るい声だな、と思って興味を覚えただけだ。

しかしその後聞いてしまった会話に、デミオンは凍りついた。

「え、本当に避妊薬飲んでないの？」

「だって子供ができたって、相手は侯爵サマよ？　正妻になれなくったって一生遊んで暮らせるだけの面倒は見てくれるわよ」

「うわぁ……まだ子供相手によくやるわね、あんたも」

「こんなとこに来てやることやってんだから、子供も何もないでしょうよ」

「でもあの侯爵様、貴女のこと結構本気みたいだけど？」

「それならそれで、一生世話してもらうわ。お金さえくれたら、何だってするわよー。ふふ、何だって、ね」

いつも優しい笑みを浮かべ、儚《はかな》げな様子で大人しかった娼婦を思い出し、これはいったい誰で何のことを話しているのか、デミオンにはすぐに理解できなかった。

しかし、茫然としていても思考はじわじわと暗いものに変わっていく。

ここは娼館であり、女性をお金で買うところと知ってはいても、身体を繋げた者同士には何かしらのものがあると思っていた。彼女に恋をしているわけではなかったが、相手をしてもらった恩もある。それこそ彼女が望むのなら、娼館から出して本当に世話をしてもいいと思っていた。

女って……！

あの笑顔の下にこんな真実があったとは、経験の足りないデミオンには、思い描いていた女性の優しさと儚さが崩れさるほどの衝撃だった。

「……あのぅ、おきゃくさま？　ここはうらぐちですよ？」

いつの間にかまた、ふらりふらりと歩いて違う場所に来ていたデミオンは、幼い声にはっとして周囲を見渡した。言葉どおり、ここは客には関係のない場所らしい。視線を下げると、まだ侯爵の腰までもない背の少女が質素な格好で目を瞬かせて立っていた。

格好から、この娼館の下働きのようだ。裸足の足が冷たそうだった。

「まよわれたのですか？　おきゃくさま、きもちわるいの？」

舌足らずな声で、精いっぱい礼を尽くそうとする少女に、デミオンは目を奪われる。

目鼻立ちのはっきりとした少女は、年頃になれば娼婦として店に出るのかもしれない。

しかし今は、少女は女ではない。デミオンをただ心配し、首を傾げる仕草は純粋な存在に見えた。

デミオンはその幼い瞳に希望を見出した。

必要なのは女じゃない……この子のような子供だ！

デミオンは天啓《てんけい》を受けたように決めた。そして娼館の主に頼み込み、娼婦ではなくこの少女を引きとることにした。

娼婦の心を見抜けなかった自分は本当に子供であり、経験も少なく、その本性を鷹揚《おうよう》に受け止められる度量もなかった。しかしデミオンの受けた傷は思った以上に深かったようで、デミオンの関心は女から純粋無垢な子供へと移ってしまったのだ。

デミオンの心情を知った親族たちは、そんな女性ばかりではないと説得してきたが、もうデミオンには届かなかった。そしてデミオンも成長し、相手の裏の顔まで見抜けるようになってからも、いや、見抜けるようになってしまったからこそ、ますます子供に執着するようになっていったのである。

デミオンに近づく相手は、デミオンではなく侯爵の地位を見ているのであり、そして何かの旨《うま》みをもらおうと常に画策しているのだと知った。女性は特に、空いたままの侯爵夫人の座を狙っているようだったから、戯《たわむ》れに手を出したいとも思わなかった。

それに反して、子供への愛情だけは大きくなる一方だ。

性的な対象ではまったくなく、ただ眺めているだけで幸せだったのだが、デミオンが年を重ねるにつれ周囲の心配だけが大きくなる。そしていつまでも結婚しないことについて焦りを押し付けられる。

デミオンも自分の立場は知っており、いつかは結婚しなければ、と思ってはいるが、もはや社交の場に興味がなく、貴族の間で有名になってしまったデミオンの性癖のおかげで好んで近づいてくるものもいない。

仕事だけしていればいいと領地に籠《こ》もり続けた結果、この年になるまで独り身だったわけだが、焦れに焦れた周囲の策略に嵌《は》まり、とうとう結婚することになった。

その相手が、アンジェリーナである。

愛らしい少女だった。五歳の頃に描かれた肖像画は、今まで見た子供の中で一番の美少女であり、デミオンの視線を奪い続けた。

この少女が相手なら、とデミオンは結婚を決めたわけだが、実際に到着した彼女は二十五歳の女性だった。

騙されたと思ったが、幼い頃から兄弟のように育ち、デミオンをうまく操るように教育された家令には勝てないところがある。それにあんなに愛らしい少女が生まれるかもしれないと思うと、やはり相手はアンジェリーナで良かったとも思うのだ。

そのアンジェリーナを抱いたとき、あまりに久しぶりなせいで緊張していたのもあるだろう、そして魅惑的な身体に動揺していたのもあるだろう、自分の男としての興味がまだ働いていることに驚いたのもあるが、娼婦しか相手にしたことのないデミオンには、初めてというアンジェリーナが新鮮であり、何か嗜虐《しぎゃく》心を掻き立てられるものがあった。

女性の身体に深い興味を持ち、どうすれば一番良いのか、やってみたいことばかりが溢れてくる。これではまるで女性を知ったばかりの子供のようだと自分でも呆れるが、よく考えれば手管に長けた娼婦しか知らないデミオンは初めて自分から女性を開拓していることになる。

この感じであれば、アンジェリーナはすぐに子供を産んでくれるだろう。

そう思っていたのだが、結婚して数日経つと、アンジェリーナの反応が変化していることに気付いた。仕事以外は子供を優先するようにしてきたデミオンだが、妻となったアンジェリーナにはそれなりに気を遣っている。たとえば昼食を一緒にとったり、庭でお茶を飲み、子供のために改造した庭を散策したりと、相手をしていたはずだ。

しかしアンジェリーナのデミオンを見る目は、日々冷めたものになっているように感じられるのだ。

自分はこんなに心を砕いているのに、アンジェリーナは冷淡にさえ思える。ただの貴族同士の後継者をつくるためだけの結婚と割り切り、そこに心は必要ないとでも思っているのだろうか。

デミオンは自分の気持ちがゆっくりと掻き乱されているように感じて、落ち着いた様子のアンジェリーナとは逆になっていることに気付き始めていた。

＊

アンジェリーナは貼り付けたような笑顔で庭に用意されたテーブルについていた。

大きな傘が張られて、アンジェリーナの座る場所には涼しげな日陰ができている。

慌ただしい結婚式から数日が経過し、アンジェリーナは達観していた。

人生についての、達観である。

何事にも落ち着いて、騒がず、鷹揚に構えて、目の前の出来事をなかったことにしたいという本能が精神を守るために作った防衛措置だ。

視線の先では、子供たちが広い庭を走り回ったり、座り込んで砂遊びをしたりして遊んでいる。とても楽しそうなのは聞こえてくる笑い声からもよくわかる。塀に囲まれた侯爵家の敷地は、広い芝生の庭や花壇、緑の生い茂る木々があり、子供たちにとっては、安全で安心して遊べる場所なのだった。

アンジェリーナも、子供を育てるのには最高の環境だと思う。

ただし、この屋敷全体を見守るはずの侯爵の視線が、まともなものだったなら。

子供を見つめて呟く侯爵の言葉が、ただの戯言《ざれごと》であったなら。

アンジェリーナは侍女に淹れてもらった香りの良いお茶のカップを掌に包み、数日前に明かされた真実を思い返していた。

あの日、子供を眺めて目じりを下げていた侯爵はアンジェリーナに気付いて振り返ると、居心地の悪そうな顔でひとつ咳払いをして、何かを誤魔化した。隣でそれを見ていた家令がおや、と興味深そうな顔をしていたが、侯爵に何を言うわけでもなくアンジェリーナに椅子を勧める。

「どうぞ奥様。ご昼食の用意が調《ととの》っております」

正直なところ、アンジェリーナの食欲はこのときすでになくなっていた。ただひどく疲れているのは確かで、促された椅子に大人しく座る。そこで家令はアンジェリーナに深々と頭を下げた。

「奥様、旦那様とのご結婚、本っっっ当に、おめでとうございます」

心からの喜びを表したような強い言葉だったが、アンジェリーナは素直に返せない。その顔は、背負っていた重いものをようやく下ろせたという確かな安堵のものだったからだ。その下ろした何かを、アンジェリーナに乗せたのがはっきりとわかる。

そんなの要らない。ご遠慮申し上げます。

はっきりと返品したかったのだが、家令は受け取るつもりがまったくないようだ。その隣で侯爵が不機嫌そうに眉根を寄せる。

「ファリノス……それは私に対する嫌みか？」

「そのようなつもりはございませんが、どうお感じになるかは旦那様の勝手でございますね」

何度聞いてもこの二人の会話は主従らしいところが見つからないのだが、アンジェリーナはそれよりも侯爵の態度を訝しんだ。

こうしていれば、先ほどの顔や声は夢だったのではと思うほど普通に見える。しかし家令の態度からも夢ではないことは伝わってきて、アンジェリーナはようやく口を開いた。

「……侯爵様」

「何だ？」

「侯爵様は……子供がお好きなんですね？」

「だから子供をつくろうと言っただろう？」

そういえば最初からそう言われていたが、アンジェリーナの考える「好き」と、侯爵の考える「好き」が重なっていない気がして目を眇める。

「子供は愛らしいですものね。お好きになるのもわかります……」

「そうだろう!?　あれほど愛らしい存在は他にない！　瑞々しい手足に大きな瞳！　高い声は耳に心地良く、小さな手で握られたときにはもう……！」

「…………」

やはり夢ではないようだ。

アンジェリーナの顔が固まったのも気付かず、侯爵の口からは堰《せき》を切ったように想いが溢れてくる。うっとりとした顔に喜びが満ちた声。できれば近づきたくない相手だった。

いったいどうしてこんな大人に成長したのだろうと疑問が浮かぶが、侯爵は相変わらず子供の素晴らしさを語り続けている。延々とそれを聞いていると自分もおかしくなりそうで、アンジェリーナは強引に口を挟んで侯爵の意識をもとに戻すことにした。

「あの……そんなに子供がお好きでしたら、どうして私と結婚を？」

アンジェリーナは二十五歳で、大人の女だ。まだ少女ともいえる十六歳の頃ならともかく、今は幼い顔からは程遠い。体型にしても胸が大きくなり幼児体型とはいえない。何が侯爵の琴線《きんせん》に触れたのかがわからない。だが侯爵は、思い出したように少し頬を赤らめ、視線を彷徨《さまよ》わせて狼狽えた。

いったい、なに!?

侯爵の恥じらう姿など初めてで、アンジェリーナのほうが戸惑ってしまう。目の錯覚かと驚いていたアンジェリーナに、答えをくれたのは家令である。

「旦那様はお子様をお望みですので……生まれるお子様を想像しやすくするため、奥様のご幼少の頃の姿絵を」

お見合いの姿絵として見せた、と。

それが侯爵の心を貫いたらしい。

本物だ!!

あのとき、変態と叫んで逃げ出さなかった自分を褒めてやりたい。婚礼の翌日の一件を思い返していたアンジェリーナは、虚《うつ》ろな目でぼんやりと庭を眺めた。

五歳の頃の奥様の姿絵は本当にお可愛らしく、と家令が続けても慰めにもならなかった。子供はそもそもどんな子でも、可愛いものだ。誰だってそう思うだろう。そして徐々に目が据《す》わってきたことに気付き、ひとつ息を吐いて目を伏せた。

「奥様……お疲れですか？　お部屋にお戻りになります？」

それを見た侍女が気を遣って声をかけてくれるが、気分転換にと部屋を出て来たのだ。すぐに戻ってしまっては意味がない。

しかし疲れているのは本当だった。

子供が好きな侯爵は、本当に子供が欲しいようだ。初めての日から毎晩、疲れて気を失うように眠るまで、侯爵はアンジェリーナを抱き潰す。

慣らす、慣れると言った侯爵の言葉は嘘ではなかったようだ。痛みを覚えていた挿入時も回を重ねるごとに楽になり、そのうちに気持ち良いと思うようになってしまっていた。はしたないかもと恥じらっていても、侯爵は真剣にアンジェリーナの身体をつくり変えていく。曰く、子供をつくるため。つくりやすくするためだ。

子供が好きなのに、やっていることは子供じゃないのよね……子供が好きだから、やることはやるということかしら？

アンジェリーナは侯爵の行動にどこか噛み合わないものを感じて首を傾げる。

しかし、侯爵と結婚したことで、アンジェリーナは誰からも感謝された。

侯爵に仕える家臣一同からはもちろん、結婚式に来てくれた親族へお礼状を送ると、感謝状が返って来るのだ。お礼状への感謝状って何だと思うが、内容はほとんど同じものだ。要約すると、侯爵と結婚してくれてありがとう、侯爵家を潰さないでくれてありがとう、一族から犯罪者を出さないでくれてありがとう、というようなことだ。

つまり、侯爵はそれほど恐れられていたのだろう。いつか、子供に魔の手を伸ばし、犯罪に手を染めるのではと。

国王からも同じ内容の手紙をもらえば、嫌でもわかる。侯爵は本当に危惧されていて、そこへ嫁いだアンジェリーナは救いの女神と思われているようだ。

だがアンジェリーナは女神ではない。周りが引いて危惧したように、同じだけ、いやもっとたくさん心配している。

アンジェリーナは妻となったが、侯爵が子供を好きなことは変わったわけではないのだ。

毎晩アンジェリーナを求めているのは子供を欲しているからだろうが、もし子供が生まれたら自分の子供があの視線に晒《さら》されることになる。

それもすごく嫌だ。

夜を思い出すと、すぐに顔が赤くなるようなことばかりされていて、あまり閨《ねや》でのことを知らないアンジェリーナでも、侯爵の行為は普通のことではないように感じる。そこから解放されるなら、早く子供ができないかなとも思うが、同じだけ、子供ができてしまったときの侯爵の反応も怖い。

この侯爵邸へ子供を来させている親たちは侯爵の趣味を知っているのだろうか。知っていて子供を寄越しているのなら、本当に寛容だ。きっと、自分が母親なら彼から子供を隠したくなるだろう。父親のはずの侯爵から自分の子供を。

ふう、ともう一度息を吐いたアンジェリーナの心配などまったく知らない子供たちは、今日も楽しそうに庭を駆け回っている。アンジェリーナの掌の中で、カップに注がれたお茶は飲まれることなく冷めていた。それに気付いた侍女がすぐに取り替えてくれる。

確かに子供は可愛い。子供は宝だ。楽しそうにしていると、こちらも幸せな気持ちになる。こんな風に楽しそうに遊べる場所を提供する侯爵は、とても良い人なのだろう。たとえ本人の思惑がどうあれ、子供に邪な心が知られることはないようだ。

ここで遊んでいる子供たちは、一番近い町の子供たちらしい。荷馬車が毎日同じ時間に町の広場まで迎えに行き、帰りも同じ場所まで送る。その日に来られる子供が集まるようだ。昼食まで用意して遊ばせてあげるのだ。どれだけ侯爵が子供たちに気を遣っているかわかるというものだ。

「ちょっと前まで、勝手に来てたんですけどね、最近は盗賊が出たりで物騒ですから……」

「盗賊？　が、出るの？」

アンジェリーナは侍女の言葉に目を瞬かせる。

侯爵邸は町から少し離れたところにある。周りには長閑《のどか》な草原が広がり、遠くには森が見える。侵入者があればすぐに気付く立地である。戦争もなく平和な国だと思っていたが、実家のあたりとは違うのかと驚いたアンジェリーナに、侍女は真面目に説明してくれた。

「お隣の国が、先ごろまで内戦をしていたらしいんです。それで、荒れた国から逃れてきた人たちが食べるものに困って、と聞いたことがあります。もちろんこのお屋敷の警備は万全ですし、町にも自衛団がおりますから、大丈夫だとは思いますが、念のため」

「そう……でも確かに、ここが一番安全に遊べる場所なのでしょうね」

親だって安心して預けられる場所であるに違いない。侯爵の趣味を考えなければ、侯爵が子供に対し甘く優しいことは事実なのだ。

「――なんの話だ？」

のんびりとしていたところで背後から掛けられた声に振り向くと、完ぺきな紳士の姿をした侯爵が近づいてきた。

普通にしていたら、とっても格好良いし素晴らしい人だと思うのだけど……

アンジェリーナは今朝ぶりに会う侯爵に残念な感想を抱きながら隣の席を勧める。

「子供たちのことを教えてもらっていました。ここはとても安全な遊び場なのだと」

「――ああ、そうだろう。庭の草花や木の配置だって子供に合わせて作ってあるからな」

まるで子供が自慢するかのように、嬉しそうに胸を張る侯爵にアンジェリーナは細く息を吐く。本当に、子供のことになると誰より嬉しそうで、子供らしい。

仕事もできて、領民に優しく、子供を大切にする侯爵は、とても良い領主であり主人であるのだろう。ただ、子供への愛情が行き過ぎているということさえなければ。それに、とアンジェリーナは子供を見て笑顔になる侯爵に少し戸惑いを覚える。

夜の姿がまた違うからだ。

アンジェリーナを寝台に組み敷く侯爵は、今の、少し気持ちの悪い笑顔とはまったく違う顔で、どちらかといえば怖いと感じるほどの真顔になってアンジェリーナを責める。毎晩泣くまで責め立てられるその行為は、どこか義務でやっているのだと教えられているようだった。それでいて執拗だから、アンジェリーナは侯爵の本音がどこにあるのか、いまだにわからなかった。

「――あっ」

そのとき、庭を駆け回っていた子供のひとりが、すぐ近くで足を取られて転んでしまった。柔らかな芝生にこてん、と転がったことに驚いた子供が、目を瞬かせた後で痛みに気付いたように目を潤ませる。

「ふえぇ……っ」

「侯爵様！」

泣き始めた子供に慌てて駆け寄ろうとする侯爵を、アンジェリーナは強い声で呼び止めた。アンジェリーナの制止が伝わったのか、侯爵は駆け出そうとした中途半端な体勢だがちゃんと止まった。そしてどうして引き止めるのか、と怪訝な顔で振り返る。

アンジェリーナは侯爵の代わりに立ち上がり、転がったまま泣いている子供に近づいた。

「大丈夫よ、さあ起きて」

「うぇえっいたい、いたいぃーっ」

「起き上がれるでしょう？　大丈夫よ」

どこをぶつけたのか、泣き続ける子供の前でアンジェリーナは膝をつき、しかし手は出さず立ち上がるのを待った。

「……アンジェリーナ」

後ろから侯爵がどうして手を貸さないのか、と声をかけるのにも手を上げて待つように伝え、泣き声を上げる子供を見つめる。

「さあひとりで立ちなさい。ひどい怪我《けが》はしていないわ」

「…………」

子供は目に涙を溜めつつも、アンジェリーナが抱き起こしてくれないと理解したのか泣き声を止めて見上げる。その顔をじっと見つめ続けると、諦めたように子供が自分で起き上がった。芝と砂のついた服に、アンジェリーナはそこでようやく手を伸ばす。

「いい子ね」

アンジェリーナはにこりと笑って汚れを払ってやり、濡れた頬を拭った。座ったアンジェリーナよりも背の低い子供はいつの間にか泣き止んでいる。大きな目でまっすぐにアンジェリーナを見つめて、その目元にアンジェリーナが唇を触れさせたことに驚いた。

「さあ、次は転ばないように気をつけて遊びなさい」

「……うん」

アンジェリーナの唇が触れた場所を触りながら、その子供は戸惑いつつも少し顔を赤らめ、素直に頷いて、また他の子供たちのもとへ駆けて行った。

それを見送り、アンジェリーナは侯爵を振り返る。

驚き顔の侯爵は、転んだ子供を助け起こさないという選択など考えつかなかったようだった。確かに子供は大事にしなくてはならないが、大事にしすぎても駄目だということをアンジェリーナは知っている。時には厳しくすることも子育てには必要なことなのだ。

弟を育てたアンジェリーナはそれを充分知っていた。そして愛情が根底にあれば、厳しくしていてもきっといつか伝わるのだということも知っていた。

「侯爵様、あれくらいの転倒であれば、手を貸す必要はありません。放っておいても子供はひとりで立ち上がります」

恐らく、あの子供も今日は侯爵が傍にいて、抱き上げてくれると知っていたから泣いていたのに違いない。甘やかすことも悪くはないが、甘やかし過ぎるのも駄目だとアンジェリーナは注意する。しかし侯爵の顔は、納得というより不機嫌に近く、眉根を寄せていた。

「……アンジェリーナ、さっきのは」

「さっきの？」

どこかおかしなところがあっただろうかと首を傾げるアンジェリーナに、侯爵は硬い声を出した。

「あの子に、キスをすることは、必要か？」

「え……ああ、あれは、つい」

「つい？」

「私の母が、よくしてくれていたことですので……同じことを、弟にもしてあげていました。癖になっているのでしょうね」

アンジェリーナが幼い頃転んだり怒られたりして泣いたとき、泣き止んだ後でおまじないのように母親がくれた愛情を、アンジェリーナは同じように弟にもしてあげた。小さな子供を見ると、ついアンジェリーナはそのときの癖が出てしまうようだ。

意識してやったことではなかったため、昔のことが懐《なつ》かしく笑ってしまったのだが、侯爵の表情はさらに硬くなっていた。

「――私には？」

「……はい？」

「私には、しないじゃないか」

「…………」

いったい何を言い出した。

侯爵が何を言いたいのかわからず、アンジェリーナは顔を顰めて警戒する。

まさか三十三歳になった男が、三つか四つの子供と同じ扱いをしろと言っているわけではないだろう。

「……侯爵様は、泣いていらっしゃいませんから」

「泣いたらするのか？」

泣くの!?

冗談のつもりで口にしたのに、予想外な返答にアンジェリーナは驚きで身体が固まる。

本当に泣くのだろうか、泣かれたらどうしよう。しかし想像がつかない。

次の言葉が見つからず動揺を抑え込んでいると、侯爵は泣くことはなく、そのまま踵《きびす》を返して屋敷の中へ戻って行った。その背中を見送り、傍に控えていた侍女に問いかける。

「……なんだったの？」

「奥様に、キスをして欲しかったのでは？」

「まさか」

適当な返事をする侍女に呆れ、否定して眉根を寄せる。

侯爵の真意はわからないままだったが、しかしアンジェリーナは今の一件でやりたいことを見つけた。

侯爵家に来てから、慌ただしい結婚式と理解しがたい夫に振り回されてはいたが、落ち着いてみればアンジェリーナは時間が余ってしまっていた。実家の子爵家では家宰を任されていたが、ここでは家令が統率しているし、しっかりした使用人ばかりなのでアンジェリーナが指示をすることは特にない。

事後報告のような説明も多く、同じ貴族でも格が違うとこうも勝手が違うのかと毎日新しく知っていくことばかりだ。少しずつ覚えてもらえたらいいからと家令に言われ、特に何かを強制されているわけでもないため、正直ほとんどの時間が空いている。

跡継ぎをつくることが一番の仕事ですと言われたらそれまでだが、夜に夫の相手をするのと、昼間お茶をしてぼうっとするのが仕事だと言われても素直に受け入れて呆けていられるはずもない。

そうと決まれば、とアンジェリーナは屋敷に入って行った侯爵の後を追った。


アンジェリーナが侯爵の書斎に入ると、侯爵は家令と一緒に思案顔をして机の上を睨んでいた。

難しい仕事なのだろうか。

そう思って躊躇ったが、アンジェリーナに入室の許可を出した侯爵は顰めた顔のまま息を吐き出し、手にしていた羽ペンを置いた。

「なんだ？」

「……お忙しかったでしょうか？」

「別に構わない。考えてもすぐに答えなど出ないことだ」

それでも不機嫌さの消えない侯爵に代わり、家令がにこりと答えてくれる。

「人材がどこかから集められないものか、頭を悩ませていらっしゃるんですよ」

「何かをなさるのですか？」

人を集めるということは労働力を集めるということだ。何か大がかりなことでない限り、それぞれ別の生活をしている者たちを別の場所で働かそうとは思わない。

「ああ、治水工事をな……このところ豊作が続いている。この蓄《たくわ》えがあるうちに終わらせたいんだ」

侯爵は呟きながら、また机の上に視線を落とす。そこには大きな地図が広げられていた。

この国と、この領地のものだろう。国土の中でも、ルーツ侯爵家の領地は南方に位置し、この国で二番目に広い。小高い丘から見渡せる範囲で収まるような子爵家とは規模がまったく違う。

この広大な土地を、当主としてひとりで管理している侯爵は優秀な人なのだろう。実際に領内の治安が守られ、豊作が続くほど安定しているのが侯爵の能力を示している。

アンジェリーナから見ても、彼は良き領主だった。

あの趣味さえなければ……

きっと田舎貴族で行き遅れのアンジェリーナがここにいることなどなかったはずだ。

真剣な顔をした侯爵を、思わずじっと見つめてしまったアンジェリーナに、侯爵のほうが思い出したように顔を上げた。

「……何か用があったんじゃないのか」

「……あ、はい」

そうでした、とアンジェリーナは忘れてしまっていたことに顔を赤らめる。そして心の中では、見惚れていたことに気恥ずかしさを覚えてもいた。

子供相手にによによ笑っている人なのに！

アンジェリーナは現実を思い出せ、と自分を叱咤しわざわざ訪れた理由を話す。

「ここへ来る子供たちに、文字や簡単な計算を教える許可をいただけませんか？」

「……平民の子供に、か？」

侯爵が訝しむのも当然だ。

貴族であるなら、子供の頃から教師を雇うなどして子供に教育を施すが、平民のほとんどは自分の名前が書ければよいほうなのである。大人になるにつれ、必要になるときに誰かから教えてもらう。そのほとんどは商家などへ奉公に行っている者たちだ。

しかしせっかく領主の屋敷に来ているのだ。ただ遊ぶのもよいが少しは学んでみても困ることはないだろう。アンジェリーナが片手間にすることだから、お金を取る必要もないと考えた。

「ええ。自分の名前や、友達の名前くらいはわかるようになればと思いまして」

侯爵は、子供を遊ばせることは考えても学ばせることはまったく考えていなかったようだ。少し考えて、納得したように首肯《しゅこう》した。

「そうだな、学びたいという子がいるならそれでも構わない」

「ありがとうございます」

頷いてもらえたことにほっとする。

正直子供が遊んでいるのをただ眺めているのは退屈なのだ。

母を亡くしてから、落ち着く間もなく少ない使用人たちと同じように働いていた。貴族としてはおかしいことだが、領地も狭くたくさんの人を雇う余裕もない子爵家では当然のことだった。

その生活が染みついているから、落ち着いてのんびりなどと言われてもアンジェリーナは逆に落ち着かない。身体はそう簡単に暇な時間に慣れるわけではないのだ。

提案を受け入れてもらえたことに喜んでいると、椅子に座ったままの侯爵が手を伸ばしてくる。

誘われるままその手を取って執務机を回り侯爵の傍まで行くと、座ったままの侯爵が視線を上げる。

「礼はキスでいい」

「……はい？」

「願いを聞いてやったのに礼もなしか？」

「あ、え？　いえ……？」

また何を言い出したの。

アンジェリーナは真面目な顔の侯爵とその言葉が繋がらなくて目を瞬かせるが、どうやら聞き間違いではないようだ。じっと見つめられて、思わず顔が熱くなる。そんなことをねだられたのは初めてで、どうしたら、と視線を巡らせると、さっきまで同じ部屋にいたはずの家令の姿がどこにもない。アンジェリーナと一緒にいたはずの侍女の姿もない。

　いつの間に出て行ったのかまったく気付かなかったが、これで障害がなくなってしまった。

　執務室には二人きりだ。夫が願うのだからキスくらいはしてもいいだろう。ただ、どうしてそんなことを言い出したのかがわからない。

「できないのか？　アレンにはしたのに？」

　アレンというのは、きっとさっき転んで泣いていた子供のことだろう。遊びに来ている子供全員の名前を覚えているのだろうか、覚えているんだろうな、と呆れ半分に本題とは違うことを考えながら、アンジェリーナは困惑した。

　まさか本当にキスをして欲しかったとか……

　考えながらアンジェリーナは心を決める。

「……目を閉じてください」

「わかった」

　今まで何度もキスをしてきたが、それはすべて夜の寝台の上で、侯爵から与えられるものばかりだった。今更抵抗することもないが、執拗なキスにはまだ慣れず戸惑うばかりだ。

　素直に目を閉じた侯爵を、こんなに間近に見るのは初めてだった。整った造形は、改めて見ても綺麗だった。若く溌剌《はつらつ》としたものはないかもしれないが、年相応に落ち着いた雰囲気を纏わせている。子供を前にした彼の表情の衝撃が強く、いつもは自分を落ち着けるために冷静を装うようにしているのだが、こうしていると心臓がうるさくなる一方だ。

どっちが本当の侯爵なのか、アンジェリーナはそれがわからないから落ち着かないのだと思いながらそっと閉じられた目に唇を触れさせた。

「……違う」

「え？」

子供と同じキスが欲しかったのではないのか、と瞼《まぶた》を上げた侯爵に首を傾げると、不機嫌顔になった彼は繋いだままの手を引き、アンジェリーナを膝の上に座らせる。

今日のアンジェリーナの服は装飾の多いドレスではない。コルセットはしているもののパニエを重ねて膨らませたスカートではなく、動きやすい普段着だ。もちろん侯爵家に着いてから作られたものなので子爵家で身に着けていた普段着とは格の違うものだが、客が来るわけでもなく、子供を見ているだけなら充分な服装だ。

だがそれが災いして、すとんと侯爵の膝に収まってしまう。

「えっあの？」

近づいてきた侯爵を驚きのまま見つめると、顔を引き寄せられ戸惑ったままの唇を塞がれた。

「ん……っ!?」

びくりと身体を震わせたのに、侯爵は深いキスを仕掛けてくる。唇をこじ開けられてそこから舌が潜り込み、アンジェリーナの口腔を好きなように貪るのだ。

これは、いつも夜にされているキスだ。

昼間に、こんな明るい場所で交わすものではない。アンジェリーナは強いキスから逃れようと侯爵の肩に手をかけるが、背中を抱えられ頬に手をかけられ、さらに固定されてしまう。

「ん、ん……っ」

なんでこんなことに、とわからないまま翻弄されて、押し返そうと肩にかけた手は、力なく侯爵の上着を握るだけになっている。結婚して、こんなに短期間で侯爵の思うように身体がつくり変えられてしまったようだ。音を立てられるような深いキスも、苦しいながらも受け入れてしまっている。

「んんっ」

びくん、と身体が震えたのは、侯爵の手がアンジェリーナの胸元を弄っていたからだ。コルセットに押し上げられた胸は摑みにくいのか、ただその上を辿っているだけだが、アンジェリーナを落ち着かなくさせるには充分だ。

「……この格好は触りにくいな」

「……触るための服ではございません」

そもそもまだ陽も高い時間で、ここは侯爵の執務室なのだ。胸の触り心地に不満を訴えられても、じゃあ触りやすくしましょうと言えるはずがない。

その代わり、スカートの中へ手を滑らせるのは早かった。

裾を捲り上げて脚をなぞられ、アンジェリーナは侯爵の膝の上で必死にそれを押さえた。

「なにを……っ!?」

「子供をつくりたくなった」

侯爵の顔は、夜に寝台の上で見せるものになっていた。

いったいどうして、いつそんな気分になったの。

アンジェリーナは泣きそうな顔で首を振った。嫌だとも駄目だとも、言っても通じないのはこれまでの閨事で理解しているからだ。

余った時間を有効に使うべく侯爵にお願いごとをしに来ただけなのに、どうしてこんなことになるのだろうと、アンジェリーナは再開された侯爵の口付けに翻弄される。

侯爵の手は、胸を辿るのを諦めたのかアンジェリーナの頬を包み、そのまま耳に触れその形をなぞる。平たい指先が薄い耳を撫でるだけで、アンジェリーナの胸が早鐘のようになる。ただでさえキスで呼吸が苦しいのに、これ以上されたら本当に息ができなくなりそうだ。

「ん……っん、ふぁっ」

「……耳が好きか」

そんなことない！

口を解放されてすぐにその耳に囁かれ、否定したいのに、熱い吐息が耳の中に送り込まれて腰が跳ねた。真っ赤になってそれを抑えようと侯爵の身体に縋《すが》ったが、アンジェリーナが思ったのとは違う効果が出てしまった。

「君は口よりも身体のほうが正直だな」

恥ずかしいことを言われたと思ったが、身体はすでに高まっていて、気まずい気持ちで顔を顰める。

「まだ……まだ、陽が高いのに……」

「だから？」

どうにか侯爵の気持ちを違うほうへ向かわせようとするのだが、アンジェリーナの震える声を彼はまるで気にしない。スカートの下にあった手でアンジェリーナの敏感になってしまった脚を撫でるとゆっくりと秘所へと滑らせ、下着の上から触れた。

「こう……侯爵、さま……っファリノス、たちが、来ますから」

「主人思いの家臣が、主の意を汲《く》まないはずがない」

それって知ってるってこと!?

執務室で行われている、この営みをである。アンジェリーナはさらに顔を赤くした。

いつの間にか二人きりにされていたのは、こうなることを予測していたからかもしれない。そしてその予想どおり、アンジェリーナは侯爵の手によって乱されている。夜になってからの寝台の上での行為は夫婦のことだからと割り切れるのだが、こうして昼間明るい場所で、仕事を放棄してこんなことに耽《ふけ》っていると彼らに想像されることがアンジェリーナには恥ずかしかった。

「君は変なところで保守的だな。今更だろうに」

「…………っ」

そんなことはない、絶対に！

侯爵が失くしてしまっても、アンジェリーナにはまだ羞恥心というものが残っているのだ。侯爵の手を振り払うように首を振ると、侯爵はそれが止まるのを待ってアンジェリーナの唇に軽く口付けた。

「仕方がない……要するに、見た目がわからなければいいのだろう」

「……え？」

どういう意味だと首を傾げる前に、侯爵はアンジェリーナを膝から下ろした。

「机に手をついて……ああ、書類は避ければ構わない。そのままじっとして」

「え……え？　ええっ!?」

何をしているのか、アンジェリーナは目に疑問を浮かべて肩越しに侯爵を振り返ったが、その侯爵は机に手をついたアンジェリーナのドレスの裾を捲り上げてしまった。

「あ、あのっ、なんですかどうしてこんなっ!?」

「動くな、乱れる」

「――――っ」

じゃあ乱れるようなことをしないで！

アンジェリーナの声は悲鳴に呑み込まれた。

侯爵はアンジェリーナの後ろに膝をつき、捲ったスカートを押さえて露《あら》わになった下肢に顔を寄せたのだ。

侯爵の吐息が肌に触れる。手は滑らかに大腿《だいたい》を撫で、唇は下着の縁《ふち》をなぞってお尻の丸みを堪能しているようだ。

声を上げることもできず、アンジェリーナは机に俯せ、手を胸の前で合わせてその指で口を押さえた。

身体が震えているのは、初めて服を着て事に及んでしまうことと、それを期待してしまっている身体の熱に気付いているせいだ。

こんなの、知らない、違う……！

何度自分で否定しても、身体はすっかり侯爵に慣れてしまっていた。

侯爵の手がゆっくり下着を下ろし、秘所が空気に触れるとさらに腰が揺れる。

その襞の中はすでに濡れているのだと、侯爵の舌が這うことでわかる。侯爵はその濡れたものを舐め取ろうと何度も舌を繰り出すのだ。

「んん――っ」

アンジェリーナはびくびく震える身体を抑えるのに精いっぱいなのに、侯爵はもっと深くまで探りたいというように閉じようとする脚を広げ、顔を寄せてくる。

熱い吐息と舌が交互にアンジェリーナを責めた。

「んっんぅ、んんっ」

「……熱いな」

跳ねる身体を必死に抑え、声を殺していると、侯爵の声のほうが熱くなっているように聞こえた。アンジェリーナは振り返り、さらに驚愕した。

侯爵はベルトを外し、トラウザーズの前を寛げて、すでに上を向いた性器を手にしていたのだ。

「あ……っこう、しゃく、さまっ待って、待ってください、本当に、こんなところで……！」

「こうなれば、治まりがつかないのはわかっているだろう」

わかっている。

それはこの身がよく知っている。それでもアンジェリーナは最後の抵抗をと上体を起こし、机についた手と反対の手を背後に伸ばした。

それで止められるはずがないと知っていても、そうせずにはいられない。

しかし侯爵はその手を大きな自分の手で摑み腰に固定して、もう片方の手でアンジェリーナの熱く熟れた襞へ性器を擦り付けた。

「んん……っあ――――っ」

そうして、何度か濡れたのを確認しただけで、侯爵はその身をアンジェリーナの中へ沈めたのだ。アンジェリーナの抵抗など、まったくなかったかのようにして。

挿れてしまえば、それが正しかったのだと侯爵はわかってしまっているだろう。

アンジェリーナは、心のどこかでそれを望んでしまっている。

「ああ……くそ、本当に……絡みついてくるな……搾り取られそうだ」

苦い声で侯爵が罵《のの》り、腰をぐっと揺らす。

アンジェリーナの声はもうすすり泣くような声にしかならなかった。

夜、寝台の上で侯爵の口調は荒くなる。それは寝台の上に限られたことではないようだ。

アンジェリーナを抱くとき、侯爵は何故か言葉が乱れる。

侯爵の強い突きに、最初は反り返るように身体が跳ねていたが、侯爵が自分の動きやすいように、細い腰を掴み持ち上げるように揺らし始めると、アンジェリーナは机に伏せ震えているしかない。

「ふ、ぁっあっあんっ」

「……ッアンジェリーナ」

侯爵の声が低く、苦しそうに名前を呼ぶ。

それは侯爵が極まって達しそうになっている合図だとアンジェリーナはもう知っていた。

「っんんっ！」

ぐっと一際強く突き上げられて、一番奥に熱いものを感じた。その衝撃で、自分もびくんと身体を揺らして少し達してしまったのがわかる。

こんなことが、気持ちいいなんて……

アンジェリーナは子供をつくるという行為が、こんなにも快楽を引き出すものとは想像もしていなかった。貴族の義務、家のため。そのための行為であるのに、アンジェリーナは自分の身体がさらにはしたなくなった気がして、顔が朱に染まる。

それから、ずるりと出て行った侯爵の感触にさらにまた震えながら、もう一度下着を履かせてくるのをぼんやりした顔で待っていた。

「ソファに座っていなさい。お茶を用意させよう」

「……はい」

促されるままアンジェリーナはソファに座り、ドレスや髪を整えられ、侍女を呼びに部屋を出て行く侯爵の背中を目で追った。

これなら再び部屋を訪れる家令もわからないかもしれない。

アンジェリーナはどきどきした心臓を落ち着けながら、しかし身体の奥はまだうずいていた。侯爵はもう平然としているのに、自分ひとりだけこんなに動揺していてはだめだ。

アンジェリーナは家令が来るまでに冷静にならなければと思い必死に気持ちを抑えつける。だが姿に乱れはなくても、上気した頬と潤んだ目、さらに気だるさを纏った雰囲気が、情事の後であることを如実に伝えていることには、気付いていなかった。

三章

「ふふ……柔らかい頬、少し唇を開いてなんてあどけない。君はきっと夢の中でも私の膝の上で遊んでいるのだろうね……ああ、羽根のように軽いな。ちゃんと食べているのかな？　手足はすべすべで栄養は行き届いているようだが……いや、君自身がとっても美味《おい》しそうだな」

侯爵は今日も平常どおりだ。

ついさっきまで庭の芝生の上で、ひとりの少女にねだられ絵本を読んでいた。その少女が心地良い暖かさに昼寝を始めたため、侯爵は膝の上でそれを受け止め、少女の寝顔を見つめているうちに無意識に呟いていたというわけだ。

あのままでは本当に少女が食べられてしまいそうだと心配したが、どこからともなく現れた家令が、うっとりとした顔の侯爵から少女を強制的に取り上げ、一緒に連れて来た侍女に渡した。

アンジェリーナはほっとしながらも、なんだか手慣れているなとも感じた。きっとこの屋敷ではあれが日常なのだ。しかしその日常から逸脱していつか幼子に手を出すのではないかと心配して、急いで妻を宛てがう必要があったのだろう。それは家臣と親類一同の総意だったに違いない。そしてアンジェリーナはその謀られた結婚にまんまと陥り、侯爵夫人となったのだ。知らず吐息が零れた。

子供が欲しいと口にして、毎夜アンジェリーナを押し倒す侯爵はどこか怖いくらいに勢いづいていて、巧みな手腕に翻弄されてしまう。かと思えば、仕事に集中する場面に出くわすと、驚くほど真面目で、豊かな侯爵領を堅実に守る姿は素直に尊敬できる。

しかし、幼い子供たちを前にした侯爵を見ると、アンジェリーナの目は据わり、感情が薄れていくように思えるのだ。

あれは違う生き物なの？　侯爵の中に三匹の何かがいて代わる代わる出てくるの？

そんなことを考えていると、その気持ちを読んだように傍にいた老人が穏やかな声で笑った。

「大丈夫ですよ、奥様」

髪も口髭も白くなった老人は、この侯爵家の庭師である。アンジェリーナは子供たちの遊び場となっている庭を案内されながら説明を受けている途中で、今日も常識から逸脱したような侯爵と少女を見つけて足を止めたのだが、何も気にすることはないというように庭師は笑う。

「旦那様はちゃんとわかっておられます。そうご心配なさるようなことはありませんよ」

何を心配しているのか理解しての言葉なのか、あの侯爵を見てもそれを断言できる庭師を信じかねて、アンジェリーナは眉根を寄せてしまう。

けれど庭師は安心させるように頷いた。

「旦那様が子供たちに無体なことをなさるはずがありません。むしろ甘すぎて少々困っているくらいですな」

確かに甘い。

侯爵の中では、子供は何もできず可愛いだけの存在でいるようだ。そんなことはないというのは、アンジェリーナもよく知っている。

「奥様、あの蔦《つた》で作ったアーチは、旦那様がお考えになりました。子供たちが潜って遊べるように、と。それからこの芝も、転んでも痛くないようにと庭の全面に敷き詰めてあるのです。その安全性は旦那様ご本人でお確かめになったほどです」

そういえば、初対面のときの侯爵は草まみれで、まるで庭で転がっていたかのような様子だった。アンジェリーナが記憶を探ったのに気付いた敏《さと》い庭師は笑って頷いた。

「旦那様があのアーチを潜って確かめたのは、ちょうど奥様がこちらにいらした日でしたな」

やっぱり潜ったのか。

子供の背丈ぎりぎりしかないような低いアーチで作られた通路は、侯爵では四つん這いになっても狭いくらいだ。

「侯爵様は、本当に子供がお好きですね」

「本当に」

諦めと呆れを含んだアンジェリーナの声に、庭師は満足そうに頷いた。

「旦那様は幼くしてご両親、先代の侯爵様たちを亡くされ、爵位を受け継がねばなりませんでした。そのせいで、毎日お勉強やご領地のことでお忙しそうで、今このお屋敷で走り回っている子供たちのような時間を過ごしたことはございません」

侯爵が生まれる前からこの屋敷に勤めているという庭師は、穏やかな表情の中に寂しさを浮かべている。

「旦那様がこの屋敷に平民の子供たちを呼ぶようにおっしゃったのは、今から六、七年ほど前でしょうか。ご親類の方々があまりお子様を伴《ともな》わなくなり、屋敷が暗く感じられたのでしょうな。そうして子供たちの笑い声が響くようになると、旦那様も一緒に明るくなったように思います」

子供らしくない子供時代を送っていたと言われれば、アンジェリーナも侯爵に同情するところがある。子供は子供らしくいられるときが必要だ。アンジェリーナも十歳のときに母親を亡くしたが、それまでは親に甘えるのが好きなただの子供だったのだ。

「旦那様が子供たちと一緒に遊び、子供のように庭で過ごしているのは、失くされた子供時代をやり直しているように思えるのですよ」

老いたものの楽観ですが、と庭師は笑った。

「旦那様は私たちのため、ご領地のため、いつも頑張っていらした。子供たちと過ごすという心の憩いの場を見つけられたようで、ほっとしているところです。奥様もどうか、長い目で見て旦那様を労《いたわ》ってあげてくださいませんか」

「……そうね」

好々爺《こうこうや》な庭師に頼まれては、アンジェリーナも袖にすることはできない。

三十三歳の大人としてどうかと思わずにはいられない侯爵の姿だが、庭師の言うように子供時代をやり直しているというのなら、いつかは満足して落ち着くのだろうと納得しないでもない。

その侯爵は、今度は用意されたおやつを両手で摑んで口いっぱいにほおばる少年を見つめている。

「……ああ、口の周りにそんなにつけて。私に取って欲しいと思っているのかな？　口で舐めて綺麗にしてあげようかな？」

細めた目と緩んだ口元で、締まりのないことになっている。

あの様子が本当に子供時代をやり直しているということなのだろうかと再び庭師に顔を戻したが、庭師は笑顔のまま顔を背けアンジェリーナを残し、ゆっくりと、しかし引き止めることを受け入れないような態度でその場を去って行った。

なんか、絶対、やっぱり騙されてる気がする！

この屋敷の人々はみなアンジェリーナに優しい。けれどその優しさに何らかの思惑が潜んでいることを、アンジェリーナは感じ取ってしまっていた。

しかしその原因である侯爵に後ろ姿を見つめられていることなど、アンジェリーナはまったく思いもしていなかったのだ。


侯爵が何を考えているのか依然としてわからないまま、アンジェリーナはこの侯爵家でできることから始めることにした。

侯爵に許可をもらった数日後、アンジェリーナは屋敷に来ていた子供たちを集めて、いつもは軽食を振る舞うガーデンルームで向かい合っていた。

「今日から、みんなに文字や計算を教えていきたいと思います」

アンジェリーナの提案は、子供たちにとって思いもよらないことだったのだろう。ここへ集められたのは、いつもと違う楽しいことが待っているからだと思っていたに違いない。

きょとんとした幼い顔がアンジェリーナを見つめている。

「あなたたちに絶対に必要なものではないかもしれないけれど、自分の名前やご両親、友達のお名前を書けたり読めたりすると嬉しいでしょう？」

平民は、一生文字など書かなくても生活していける者も少なくない。ただ、難しい言葉はわからずとも自分の名前程度ならとアンジェリーナはわかりやすく説明する。

「――それって、絶対ですか？」

最初にアンジェリーナに訊いたのは、子供たちの中でも年長にあたる十歳ほどの少年だ。ひょろりとした手足がまだ幼さを見せているが、もう少しすれば親を手伝いここへ遊びに来ることはなくなるだろう。

「いいえ、やりたい人だけよ」

「おれは、親父に教えてもらってるからそんなの必要ない」

きっぱりとした言葉に、アンジェリーナはこの少年が領民の中でも読み書きが必要な仕事に就くことになるのだろうと想像する。そして親から教えてもらえるなら、アンジェリーナがでしゃばることもない。

「そう、他にもそんな子がいるなら、無理にここで教わる必要はないの。外で思うまま遊んでちょうだい」

少年の名前は、確かサシュと聞いたことがある。両親の仕事までは聞いていなかったけれど、子供に教育できる立場の平民がいることも確かだ。

アンジェリーナは子供たちをガーデンルームから庭へ続く扉へ促したが、その手に誘われるように、近くに座っていたひとりの子供がアンジェリーナのドレスの裾を摑む。

「なぁに？」

「……ぼくのなまえも？」

アンジェリーナの膝を過ぎるほどしかない背丈の子供が精いっぱい上を見上げてくる。

アンジェリーナはその場に座り、その子供が前に庭で転んでいたところを声をかけた子だと思い出し、記憶から名前を引っ張り出した。

「ええと……アレン、そうよ。あなたの名前を自分で書けるようにね。そうだわ。侯爵様のお名前も書けるようになれば、きっと侯爵様も喜んでくださると思うわ」

子供たちならば目に入れても痛くないと言い出しそうな侯爵だ。アンジェリーナはこの思いつきは結構いいのではないかと思う。

幼いアレンは目線が下がったアンジェリーナをじっと見つめて言った。

「おくさまも？」

「え……ええ。私の名前も書いてくれるの？」

一瞬何を言われたのかわからず目を瞬かせたものの、舌足らずな声で言葉少なに、しかし嬉しいことを言われてアンジェリーナが喜ばないはずはない。アレンの柔らかそうな髪を撫でて、微笑んだ。

「ありがとう。嬉しいわ」

アンジェリーナが笑ったことに、他の子供たちもどこか安堵したようにアンジェリーナへ近づいて来た。結局、教わらないと言って外へ行ったのはサシュだけだった。

外は使用人たちが見守っているとはいえ、ひとりで遊ばせることになってしまったかと心配して視線を送るものの、アンジェリーナは賑やかに纏わりついてくるようになった子供たちの対応に追われて、その日はサシュの様子を確かめることはできなかった。

何度も書くと、綺麗な字とはいかないまでも自分の名前が書けるようになる。早い子は友達の名前もすでに書けるようになっていた。

子供の高い順応力にアンジェリーナはつくづく感心していた。

遊びに来ている子供たちに教えている時間は、彼らが屋敷に滞在するうちのほんの少しだ。それでも子供たちは外で遊ぶのと同じように文字を覚えるのも楽しそうで、アンジェリーナは自分のしていることが認められた気になって顔を綻《ほころ》ばせる。

「奥様は本当に、すぐにでも良いお母様におなりになれますね」

「本当にねー」

侯爵家の侍女たちも子供たちの扱いに慣れていた。

今まではそんなに長く触れ合うことはなかったようだが、アンジェリーナが連日子供たちといるようになると、控えている侍女たちとも自然と話すことが増えてくる。そして誰ひとりとして平民の子供たちを疎《うと》んだり貶《けな》したりすることもなく、仲が良い。

アンジェリーナは特に幼い子供たちに懐かれたようで、アレンを筆頭に気を抜くと身動きが取れなくなるほど側に集まるようになっていた。それを嫌だとは思わない。

ガーデンルームで学んだ後は、仲良く庭へ駆け出すのだが、アンジェリーナの手を引いて一緒に遊ぼうと誘ってくる。

「小さな弟の面倒を見ていたからだと思うわ」

アンジェリーナは遠く離れた実家の弟を思い出す。母を亡くした後、泣き虫だった弟はいつもアンジェリーナの傍から離れなかった。目の前の子供たちを見て、子供はみんな一緒なのかと目を細める。

みんな愛らしい。侯爵が夢中になるのもわからないでもない。

ただ、行き過ぎることとさえなければ、である。

「奥様がとても良い方であるのは、子供でもわかるのですね」

「そうそう、旦那様も夢中だものね」

「あの旦那様がね」

侍女同士も仲が良く、アンジェリーナの前でもいろんな会話をする。その中のひとつに「侯爵がアンジェリーナに夢中でどうしようもない」と呆れ半分でからかうようなものがある。

アンジェリーナにしてみれば、あの侯爵のどこをどう取ると「夢中」などという言葉が出るのか不思議で仕方なかった。確かに、夜は連日身体を重ねているが、それは子供が欲しいからだ。あれだけやっているのだから、そろそろ子供ができていても不思議はないと思うくらいだ。

アンジェリーナはそっと自分のお腹に手を当ててみる。まだ気配すらなく、その予兆もない。

「奥様？　もしかして……？」

「あっいいえ、なんでもないのよ」

その手を侍女のひとりが見つけて期待に満ちた目を向けてくるが、アンジェリーナはそんなことはないと慌てた。

何がどうでも早すぎるはずだ。

子供がいるかどうかは、もうしばらくしないとわからないだろう。

侍女たちがそれでも期待するような顔を見せるので、アンジェリーナは赤くなった頬を背け、ガーデンルームに広がる現状に意識を向けさせた。

「さ、早く片づけましょう。もうそろそろ子供たちも帰る時間よ」

勉強をした後、ガーデンルームには軽食が並べられ、お腹を空かせた子供たちがいつでも食べられるようになっている。貴族の子供たちのように、礼節《れいせつ》に則《のっと》って座って食べるものではない。気軽に手でつまんで食べられるものばかりで、テーブルの上や床にはこぼれたお菓子のくずがいつも散乱していた。

「奥様、片づけなど私たちでいたしますのに」

「そうです、奥様は子供たちの見送りに行ってあげてください」

「いいのよ、もう少し時間はあるようだし、手持ち無沙汰《ぶさた》なことが苦手なの。貴女たちの仕事の邪魔にならない範囲で手伝わせてちょうだい」

きっと、正しい侯爵夫人というのは侍女の仕事に手を出すものではないだろう。

お客様が来たときは、ちゃんとしよう。

それだけは決めて、アンジェリーナは侍女の真似をする。侯爵に諫《いさ》められたことがないから、なおさらアンジェリーナを止めるものはなかった。侍女たちもアンジェリーナを説得するのは無理だと諦め、片づけを始めたとき、外から少年がひとり飛び込んできた。

「ねぇ、残ったの食べてもいい？」

その活発な少年はサシュだった。一番近くにいた侍女に確かめているが、手はすでにテーブルに残っていたパンへ伸びている。

勉強を教えると決めたとき、ひとり外へ行ってしまったサシュは、あれ以来決してアンジェリーナと口をきこうとしない。

嫌われただろうか、と思ってしまうのは、侯爵や他の侍女たちにはいつもと変わらぬ態度だからだ。それでもはっきりとした言葉を言われたわけではなく、ただサシュはアンジェリーナの傍に寄らないのだ。

「もう帰る時間よ。今食べては夕食が入らなくなるでしょう？」

侍女が答えるより前に、アンジェリーナは少し離れた場所から声を出してしまっていた。

時刻は夕暮れに近い。これから荷馬車に乗って町まで帰る子供たちは、家に着く頃夕食の時間になるはずだ。アンジェリーナはそれを心配したのだが、サシュはアンジェリーナをはっきりと睨んだ。

「デミオン様は、いいって言ったよ！」

「侯爵様はそうおっしゃるでしょうけど、お家で夕食を用意してあるんじゃないのかしら？　包んであげるから、持って帰るように……」

「――もう、いい！　ケチ！」

アンジェリーナが最後まで言い終わらないうちに、サシュは子供らしい癇癪《かんしゃく》を起こしてそのままガーデンルームを飛び出して行った。

「ケチって、奥様に向かってあの子は……」

「旦那様が甘やかし過ぎていらっしゃるから」

「あ、奥様？」

侍女たちはサシュの言動に顔を顰めているが、アンジェリーナは考えるよりも先に身体が動いて、サシュの後を追いかけガーデンルームから庭へ出た。

「ちょっと話してくるわ」

足の速い子供を追って、侍女を待たずアンジェリーナは庭を早足で駆ける。背中に侍女の制止の声も聞こえてきていたが、どうしてもサシュと話したいと思ってしまったのだ。

何故か初対面から嫌われている気がする。

アンジェリーナが嫁いできたとき、屋敷中が歓迎していた。そして屋敷に遊びに来ていた子供たちも、侯爵夫人だと紹介すると素直に受け入れてくれたように思う。

あの少年だけを除いて。

気付かないうちに、何かをしてしまっただろうか。

もしかして自分たちだけの侯爵を取られると思ってしまったのだろうか。そう思って走り続けると、屋敷の裏手へ向かうサシュを見つけた。

「待って、サシュ！」

待たないだろうと思いながらも声をかける。しかし意外にも、彼はアンジェリーナの声に振り向き足を止めた。

良かった、と安堵しながら近づくが、その視線は険《けわ》しいままだ。やはり嫌われているのは確かなようだと感じながら、首を傾げる。

「……ねぇサシュ、訊いてもいいかしら？」

「なに」

ぶっきらぼうではあるが、アンジェリーナの言葉を聞く気があるようでほっとした。

「私はあなたに、何かしたかしら？　その、嫌われてしまうようなことを――」

「おれは、あんたをみとめないから」

「……はい？」

遠まわしに言っても仕方がないだろうと率直に訊いたアンジェリーナの声に被さるように、サシュは強い声で言った。

「あんたなんか、ぜんぜんデミオン様と似合ってない」

「え――」

やはり侯爵を取られたと感じているのか、とアンジェリーナは思ったが、サシュは睨みつけながらはっきりと言う。

「ビーナのほうがお似合いなんだ。デミオン様だって、ビーナのこと好きだって言ってたし、デミオン様の好みはビーナみたいな子であんたなんかぜんぜん好みじゃない。貴族の結婚は、貴族同士って決まりがあるのかもしれないけど、ぜったいビーナのほうがお似合いなんだ」

あんたなんか後から来たくせに。

サシュは今まで溜め込んでいたのだろう言葉を言い切ってしまうと、またアンジェリーナを睨み今度こそ逃げるように背を向けた。

アンジェリーナはサシュの言葉に、足が地面に埋まったように固まって彼を追うことができなかった。

ビーナって誰？

侍女でもなければ子供たちの間でも聞いたことのない名前だ。

しかもサシュが言うにはその女性は侯爵と好きあっていて、貴族でないから結婚もできず、アンジェリーナが後から割り込み奪った形になるようだ。

そんなことを言われても。

アンジェリーナは初めてもたらされた情報にただ困惑する。

侯爵が貴族以外と結婚できるはずがないのは平民でも知っているはずだ。それを知りつつもサシュがあれほど言うのなら、何かあったのかもしれない。

そんなことを考えながらサシュのいなくなった裏庭をゆっくり歩いていると、いつの間にか庭を回りきったようで表門のほうへ近づいていた。

屋敷の陰になった向こう側から子供の甲高い声が聞こえる。そういえばそろそろ子供たちが帰る時間のはずだ。荷馬車の傍へ子供たちが集まっているのだろうと一歩足を踏み出した先で飛び込んできた光景に、アンジェリーナは思わず足を止めた。

「……久しぶりだね、ビーナ」

「はい！　私、お針子のお仕事を始めたんです。デミオン様のお衣装もいつか作らせていただきたいです！」

「ああ、ありがとう」

にこやかに話す侯爵と、可憐な少女がそこにいた。

侯爵の背が高いのか少女が低いのかはわからないが、体格は大人と子供ほどの差がある。

そして今まさにその少女の名前を、アンジェリーナははっきりと聞いた。

ビーナ。

質素な衣服だがところどころに刺繍が入っていて少女らしい可愛らしさを見せている。平民にしては造作が整っていて、金色の髪を背中まで伸ばしたその姿は美少女と呼ばれるに相応しい。

そしてアンジェリーナは納得してしまった。

サシュが言うとおり、ビーナという少女は、まさに侯爵の好みだったのだろう。これでもう少し幼ければ侯爵が撫でまわす勢いで可愛がっていたに違いない。それは確かに犯罪になるものだったから、それを防ごうとして周囲が侯爵に結婚を勧めたのかもしれない。

しかし今なら。

ビーナはまだ少女らしい外見だが、年の頃は十六ほどだろう。侯爵とは離れているが、結婚できない年ではない。少女から女へと成長する、一番綺麗な時期だ。もっと幼いときにはこの屋敷に遊びに来ていて、侯爵とも仲が良かったのだろう。良かったはずだ。あの侯爵がこのビーナという少女に目をかけないはずがない。

その頃なら確かに犯罪だろうが、今はビーナが成長した。年が離れていても、辛うじて手を出してもおかしくない年だ。そして侯爵は貴族でも高位の貴族である。妾が居てもおかしくない存在なのだ。

それは後継者を確保する意味もあり、万が一を考え兄弟を多くつくることが目的だが、近年はただ妾を持つ者も増えているらしい。体裁《ていさい》を気にして結婚をしても、身分は低いが好きな相手を愛妾《あいしょう》に迎えることは貴族社会ではままあることだとアンジェリーナも理解している。

アンジェリーナの父親は、母が亡くなってからも後妻をもらわず仕事一筋だったが、それが珍しいことだというのも知っている。

アンジェリーナは侯爵に嬉しそうな笑顔を向ける少女をもう一度確かめた。

金色の髪は輝いていて、薄紫色の瞳は嬉しそうに侯爵だけを見つめている。まだ幼さを残す手足に、細い身体。

確かに、これが侯爵の好みだというのなら、アンジェリーナは侯爵の好みから正反対のところにいるはずだ。

完全に行き遅れに達した年齢と、幼さを失くした顔、そして自分でも恥ずかしくなるほど大きくなった胸。女性に胸はあるものとわかってはいるが、周囲を見渡してもアンジェリーナほど大きな胸を持ったものはいない。自分の身体の一部だからあまり気にしないでいたけれど、アンジェリーナは初めて、自分の身体を疎ましく思った。

アンジェリーナは誰にも見つからないようにゆっくりと後ろへ下がり、もう一度裏庭のほうへ足を向ける。何故か、仲良さそうに話す侯爵とビーナの間へ入っていくことができなかった。

＊

最近、アンジェリーナが一歩引いているように思う。

デミオンは執務室で仕事に向かいながらも控えていた家令にぽつりと零してしまった。

「……引かれていらっしゃらないと思っていたのですか？」

今更？　と反対に驚く家令に、デミオンは気まずさを覚えながらも強く睨みつける。

「そうではない」

そうではないのだ。

デミオンも、自分の好みが少し世間からずれていることは承知していた。大人の女は特に、裏と表があるとわかってしまった途端に好き嫌いより先に興味を失くす。その反動のように、まだ純粋で無垢《むく》にも感じる子供に目が向いてしまうのだ。

それでも愛らしいと思うものは愛らしいし、見返りもなく純粋に慕ってもらえることがデミオンには何より嬉しい。

時折夢中になるあまり言動がおかしくなるようだが、それは子供に気付かれる前に家令を筆頭に周囲が止めてくれるのでデミオンは安心して好きなものを愛でている。

アンジェリーナは確かに、最初こそ想像と違って驚いたものの、自分でも驚くほど嫌悪を抱かない。幼いところなどなく、はっきりと大人の女性であり、妖艶さを醸し出すなど本当なら一番苦手とする相手なのに、その内面を知っていくにつれデミオンはアンジェリーナに興味を引かれていた。

子供は思うまま甘やかしたいと考えるデミオンと違い、アンジェリーナは平民の子供に教育を施そうとする。そんなことなど考えたこともなかったデミオンは、子供に対する考え方の違いをはっきりと教えられて、そしてそれが嫌ではなかった。

毎日いろんなことを覚えて嬉しそうな姿を見ると、デミオン自身も嬉しいのだと気付かされたからだ。

そしてそれを教えるアンジェリーナが優しく、時に厳しく、何より子供たちに好かれていることも、デミオンには目が離せなくなるところだった。

愛らしい子供を見ているつもりで、その視界にはいつの間にかアンジェリーナが入り、最後には彼女を追っていることに気付く始末だ。

デミオンの視線に気付いたアンジェリーナが首を傾げて微笑むのを見ると、全身がかっと熱くなり、子供相手には感じたことのない、男としての何かが頭をもたげそうになる。

それは夜に顕著に表れることになり、子づくりの行為が執拗になる。アンジェリーナから産まれる子供は、きっとあの姿絵のように世界一愛らしい子に違いない。

デミオンはその子供が欲しい。腕に抱きたい。めいっぱい可愛がりたい。

そして同じだけ、アンジェリーナを欲しがり抱きしめ、可愛がりたいのだ。

アンジェリーナにもそれは伝わっていると思っていた。

デミオンの子供への執着を知られてから、アンジェリーナの目がどこか冷めたものになることもあったが、それでも避けられているとは思わなかった。

子供に対する意見ははっきりしていて、時折デミオンのことを諫めることもあるが、嫌われているとは思わない。デミオンが手を伸ばすと、恥じらいながらも腕に収まるアンジェリーナを子供のように愛らしいと思っていたくらいだ。

しかし、ここ数日、アンジェリーナの態度が変わっていた。

どこが、と言われるとはっきり言いにくいのだが、デミオンが見つめても微笑み返すことはなく、さりげなく視線を逸らす。子供と遊び甘やかすデミオンを諫めることもなく、離れた場所から眺めている。その表情は、微笑んでいるようにも見えるが、口端が上がっているだけで笑っているわけではないのだとデミオンにもわかった。

いったいどうしてそんな顔をされるのか。

デミオンの言いたいことは敏い家令にもわかっているのだろう。

子供の頃からの長い付き合いの家令は、デミオン以上に周囲のことをよく見ていて、これまで何度もデミオンは助けられていた。しかし付き合いが長過ぎて、慇懃無礼《いんぎんぶれい》であるのもわかっている。

「そうですねぇ……これと言っていつもどおりの奥様でしたが……旦那様が毎晩ねちねちとしつこいので嫌気が差しているのでは？」

「なっ」

「奥様に夢中なのはわかりますが。良い方ですからそれは屋敷中のものもよくわかっておりますから……時には労ることも必要かと思われます」

「別に、夢中になどは……」

まるで好きなおもちゃを子供がひとり占めしているような言い方に聞こえるのだが、家令の嫌みだろうかと、デミオンは顔を顰めて言いよどむ。

「何か贈り物をなさってはいかがですか？」

家令はデミオンの躊躇いなど気にせず続けた。

「女性のご機嫌を取るには贈り物は有効かと。明後日、王都へ向かわれた際に何かお求めになってみては？」

侯爵領は広大な領地であるとはいえ、王都と比べるとやはり田舎だ。貴族の女性が好むような華やかなものは少ない。王都から取り寄せることもできるが日数がかかり過ぎる。近日中に行く予定があるのだから向こうで購入したほうが確かに早いだろう。

そういえば昔は誰かに贈り物もしていた気がする、と遠い記憶を思い出す。ただ、近頃は子供に与えることしか思いつかなかっただけだ。そう思ってから、これまでアンジェリーナに何かをねだられたことがないのに気付いた。

ねだられないから、贈り物をするということに気が付かなかったのだ。

アンジェリーナの日用品は切らさず、侯爵夫人としての生活に困ることがないよう、必要なものは揃えるようにと家令にも侍女たちにも言ってあるが、アンジェリーナから何か欲しいと言われたことがない。現在、揃えてあるドレスも装飾品も、すべて周囲が揃えたものでアンジェリーナの指示ではない。

「旦那様？」

黙り込んだデミオンを訝しんで家令が呼んだ。この家令も屋敷の使用人たちも皆、デミオンが結婚したとたんに呼び方を改めた。本当に嫌がらせだったとしか思えない使用人たちの態度だが、今はそんなことなどどうでもよかった。

デミオンは気付いてしまったのだ。

アンジェリーナの好きなものが思いつかない。

子供の好きそうなものはすぐにでもリストが作れるくらい思い浮かぶというのに、妻の欲しいものがまったく想像できない事実に愕然とした。

以前、遥か昔になるが、親類に連れられて娼館に通っていた頃、世話好きな叔父たちに勧められて宝石や装飾品を娼婦たちに贈ったことなら覚えている。

そんなもので喜ぶのか？

アンジェリーナの生活は、侯爵夫人だというのに慎ましいものだと使用人たちから報告を受けている。贅《ぜい》を尽くしたドレスを作らせるわけでもない。珍しい食べ物を取り寄せるでもない。友人たちを招待して夜会などを開くわけでもない。

自分の知っている貴族女性とアンジェリーナがどれほど違うのか、デミオンは今更、気付いたのだ。

「旦那様、いつも奥様と何をお話しになっていらっしゃるので……ああいえ、わかりました愚問でした」

沈黙したデミオンの態度で、何を考えているのか理解した家令は何か呆れたように溜め息を吐いたが、その後は侯爵家の頼りになる家令らしく頷いた。

「王都で女性の好まれそうなものをご用意いただくように手配いたします。その中から旦那様のお好みでお選びください」

「できるのか？」

「選ぶくらい旦那様にもできましょう。奥様のことをよくお考えになってくださいね」

何やらひどく見下されたような気がしないでもないが、デミオンは一応安堵した。そして次には、アンジェリーナをもっとよく見て、好きなものを探そうと決意する。

「――――！」

そのとき、庭に面した窓から悲鳴のような泣き声が耳に届いた。

家令と目を合わせ、デミオンは手にしていた書類を放りすぐに椅子から立ち上がった。

この侯爵家の敷地内は、恐らく領内のどこより安全な場所である。領民がここで子供たちを遊ばせるのは、安心して送り出せる場所だからだ。

その中で、子供たちに怪我などをさせては侯爵の管理責任が問われる。

デミオンは、しかしそれよりも、子供たちが傷つくことのほうを恐れていた。

開放している庭も、子供たちのことを考えて庭師と相談し作り変えている。子供が遊びやすく、かつ大人からは見えるようにとところどころに人を配置するなど配慮してある。

それでも怪我をしてしまうのが子供というもので、デミオンはそんな子供のために誰より早く駆け寄って抱きしめてあげたいと思っていた。

このときも、息を切らす速さで庭に飛び出したデミオンだったが、庭に響く泣き声を前に思わず足を止めた。

デミオンより前に、アンジェリーナがそこにいたからだ。

「もう大丈夫よ……大きな怪我はないわ。でも、痛かったのね」

子供は小さく、アンジェリーナの細腕にしっかりと抱きしめられていた。アレンだ。ほとんどの子供たちがアンジェリーナにすぐ懐いていたが、特にアレンはアンジェリーナの足によく纏わりついている。

　舌足らずでアンジェリーナをうまく呼ぶことができず、「リーナさま」と言い始めたのもアレンだ。そのおかげで子供たちはアンジェリーナに「リーナ」と愛称を付けた。

まだデミオンはその愛称で呼ぶことができない。

子供のように呼ぶことは、子供と同じと思われるようで躊躇われたからだ。しかし、愛称で呼ぶことは親密さの表れでもあるから、呼びたいと思っているのも確かだ。

　これではまるで自分が子供のようだ。

デミオンは自分の気持ちを理解しながら、制御できていないことに苛立ちも覚えていた。アレンが、誰よりアンジェリーナに懐いている理由もなんとなく理解している。デミオンでさえ言わねばしてもらえないキスを、アレンは自発的にしてもらっているからだ。まるでアンジェリーナが自分の母親であるかのように甘えている姿は、デミオンを落ち着かなくさせる。

　子供相手に、と思いながらも、デミオンはこのときもアンジェリーナの首に縋りついているアレンを知らず睨みつけながら様子を窺う。どうやら庭木に登ろうとしたアレンが途中で落ちたということのようだった。

　元気に泣いている状況からして、ひどい怪我はしていないのだろう。

「ジム、庭木のことだけど……」

「はい、奥様」

「ナッシュも手伝ってちょうだい、このあたりの大きな木のね……アレン、このままでは話しにくいわ。少しリリーのほうへ行っていてちょうだい？」

アンジェリーナの周りに集まった使用人たち、その中でもジムはデミオンが何でも相談できる腕の良い庭師だ。雑用のものたちや、侍女も集まりアンジェリーナの言うことを聞いている。その現場は確かに侯爵夫人の支配下にあった。

デミオンが侯爵という立場にある限り、結婚する相手に求められるのは、デミオンの隣に立ち、デミオンがいないときには代わりにこの屋敷の指揮をとれることだ。

アンジェリーナは、確かにそれをこなすだけの力がある。勢いで家令の勧めるまま相手を決めてしまったが、こうなるとアンジェリーナで良かったと思う。恐らく家令もここまでアンジェリーナが理想どおりに侯爵夫人としての役割を果たしてくれるとは思っていなかったはずだ。

子爵家で、ただ無為《むい》に令嬢として過ごしていたわけではなく、幼い頃に亡くなられたという母親に代わり、家宰を任されていたと報告書でデミオンは読んだ。それは偽りや間に合わせのようなことではなく、確かにアンジェリーナは屋敷を預かるものとして教育されていたのだ。指示をする姿も様になっていて、使用人たちにとっては頼れる存在であるのは間違いない。

たぶん、アンジェリーナは子供の手が届く場所にある庭木の枝を払ってしまおうとしているのだろう。子供が自分だけで登れないように。その指示をするのに、腕の中にアレンが居たままではどうにもならないと傍にいた侍女へ渡そうとしたのだが、アンジェリーナから離されそうになったとたん、アレンがもう一度泣き始めた。

「んやあぁぁっリーナさまがいぃーっ」

「アレン……」

困った様子なのはその場にいた大人たち一同の溜め息でわかったが、アレンはそのままアンジェリーナの胸に顔を埋めるように、そこに隠れようとしているかのように、しっかりと抱きついていた。

「ああ……仕方ないから、いいわ。ジム、続けましょう」

アンジェリーナは諦めてアレンを抱き直し、そこで初めてデミオンがその場に向かって来ていることに気付いたようだ。

「侯爵様……あの、これは」

デミオンを見て何故か、アンジェリーナは言い訳を探すように少し戸惑っていた。

「アレンは大丈夫です。少しお尻を打っただけで、他にはどこも……えっ」

「うぇ?」

問題はアレンではない。

デミオンはアンジェリーナの前に立つなり、腕にいた小さな子供を引き剝がすように抱き上げた。

驚いたのはアンジェリーナとアレンだろう。泣きぐずっていたアレンはびっくりした顔で涙も止まってしまったようだ。そのままデミオンはアレンを隣にいた侍女へ渡す。

「ジム、他の者も聞け。庭の木で子供の手が届く場所の枝はすべて払ってしまうように」

「はい、旦那様」

庭師の返事を持って、デミオンはまだ驚いたままでいるアンジェリーナの手を取った。

「侯爵様？」

そのまま庭を突っ切り屋敷のほうへ向かう。手を引っ張られているアンジェリーナは、早足になるデミオンに慌てているようだ。ドレスの裾が纏わりついて速く歩けないのだろう。

「侯爵様、どうなさったのですか……っ!?」

アンジェリーナは無言で手を引くデミオンを不思議がっているが、デミオンは自分の機嫌が悪くなっていることを自覚していた。

歩みの遅いアンジェリーナを途中で抱え上げ、彼女がさらに驚いて息を呑んだのをいいことに、デミオンは彼女を腕に抱いたまま夫婦の寝室へ入っていった。


「どうなさったのですか？　アレンは怪我も軽いし、私はどこも痛めておりませんが」

アンジェリーナを下ろしたのは寝台の上だ。

そこに下ろされても、アンジェリーナはデミオンの行動の意味がわからないようだ。

「侯爵様？」

心配そうな声で呼ばれるが、デミオンが苛々としてしまうのはその呼び方なのだとアンジェリーナは理解していない。

庭師のことも使用人のことも、侍女たちのことも、アンジェリーナは名前を覚えるのが早かった。名前を呼ばれることで親近感が湧き、彼らがアンジェリーナを慕うようになるのは当然のことだろう。デミオンも幼い頃から仕えてくれている者たちや新しく雇った者たち、この屋敷の中にいて名を知らない者はいない。それは当然のことだが、アンジェリーナが今まで一度も名前を呼んだことのないものがいる。

それが、デミオンだ。

デミオンには、出会ったときから今まで、寝台の中でさえ「侯爵様」で、デミオンが苦々しく思っても当然だと思うのだが、アンジェリーナには通じていないようだ。

「あ、の……っ」

「なんだ」

寝台に押し倒し、その上にのしかかると、アンジェリーナが慌てた様子で待ったをかける。ここで待てと言われても待てるはずがないが、性急だったのは認めて一度手を止めた。

アンジェリーナはカーテンの引かれていない窓に一度視線を向けて、困った表情をデミオンから隠す。

「……あの、まだ昼間です」

「だから？」

「こ、子供たちも、まだ庭に……」

「他の子供より君の子供のほうが重要だ」

「……っ」

女性のドレスというものは触りにくいものだとデミオンはいつも思う。しかし邪魔なものなら脱がせてしまえばいい。

アンジェリーナのドレスはいつも胸元が苦しそうだ。デミオンの掌に収まりきらないほどの乳房が、コルセットに締め付けられて押さえられ、曲線を描く胸元から溢れそうになっている。ついさっき、その場所にアレンが顔を埋めていたのを思い出して、デミオンは知らず眉を顰めて自分も同じ場所に顔を寄せた。

「こ、侯爵、さま……っ」

デミオンの肩を押し返す力はとてもか弱い。女性の力はこんなにも弱いものなのか、それともアンジェリーナの力がないのか。

考えながら、デミオンはどっちにしろ弱いことには変わりないと滑らかな肌の上を優しく何度も食み、ドレスの上から身体を撫でる。

固く締められたドレスの紐だが、覚えると簡単に解けるようになっているのだとデミオンはアンジェリーナのドレスでその構造を知った。今も片手で紐を解き、コルセットを緩めその肌を露わにしていく。微かに震え、押し留めようとするアンジェリーナの弱い抵抗などないも同然だ。

「侯爵様……っあの、でも、こんなにたくさん……何度も、していると、子供もできる暇がないように思います」

それは、アンジェリーナがずっと考えていた抵抗の言葉なのかもしれない。

真っ赤な顔で、視線を合わせられないまま必死に告げるアンジェリーナに、その顔ではかえって煽るだけだと罵りたくなった。

そうなる前に、デミオンは自分の口でアンジェリーナの口を塞いだ。

アンジェリーナの口の中は温かい。柔らかい舌はいつも奥のほうに引っ込んでいて、デミオンはキスを繰り返して思うまま絡め取れるまで口腔を舐め続ける。

「ん——っ、んっんっ」

何度しても鼻で呼吸することに慣れないのか、苦しそうな声が漏れるが、そのことにもデミオンは煽られてしまうのだ。

そしてやはり、苛々したものを抑えきれないでいた。

強引なキスになるのも無理はない。アンジェリーナの手はまだデミオンを受け入れられないというように、肩を押し返すように摑んでいて、首に回ることはない。寝台の上でほとんど裸になって組み敷かれ、声も満足に上げられなくなってもまだ抵抗するのかとデミオンはさらにしつこく口を吸い続ける。

「んう……っ」

音を立てて、アンジェリーナの口に溢れた唾液を吸い取ってしまうと、最後の抵抗だった手からも力が抜けて四肢がくたりと投げ出される。そこでようやく唇を解放し、目尻に溜めた涙を零さないように舐め取った。

「ん……っ」

「できないかどうかなど、わからないだろう。試してみればいい」

「……え？」

アンジェリーナの言葉に返事をしたはずなのに、当のアンジェリーナは何を言われたのか理解しがたい顔だ。デミオンはしかし、それでも構わないともう一度胸元に顔を埋めた。

「あ……っだ、め、ですっ侯爵様ぁ……っ」

アンジェリーナの胸は柔らかい。

その身体はどこも柔らかいが、特に胸はいつまでも揉み続けて形が変わるのを楽しんでしまうほどデミオンの手に馴染んでいるのだ。

つんとなった頂は、口に含んで舐めて欲しくて硬くなっているのに違いないと思っている。

「そ、こは、侯爵様が舐めるところじゃ、な……っ」

「では誰が舐めるんだ」

「……それは、子供が産まれたら……」

「まだ産まれていないから、私が代わりに舐める」

「————っ」

舐めると言いながら、歯を立てた。

びくりと身体を揺らすアンジェリーナの反応が、デミオンはもっと欲しくなる。

もっと反応して欲しい。もっと応えて欲しい。

デミオンが望んでいるように、アンジェリーナからも欲しいと言って欲しい。

あの姿絵のような子供が欲しいといつも思っているし、そう望んでの行為のはずなのに、最近アンジェリーナの反応を見ると何故かそれが薄らいでいく。

デミオンの手に、キスに、愛撫のすべてに応えてくれるアンジェリーナの肢体と、涙に濡れた顔が恥じらいながらも恍惚に震えているのを見ていると、デミオンの中に違う欲望が渦巻いてくる。

それを治めるために、デミオンはさらにアンジェリーナを泣かせてしまう。

ぼろぼろと涙を零し、最後には許してと乞う彼女の姿を見ると、デミオンの中にある隙間のすべてが埋まり感情が溢れるのだ。

それを味わうことが最近の喜びになってしまっているのはデミオンも自覚している。

子供が欲しいと願いながら、毎日この顔を望めるなら子供がいなくてもいいかもしれないと矛盾したことを考え始めているのに気付いていた。

それが何なのか、はっきりと理解しているわけではないが、とりあえずデミオンはこの胸に顔を埋めるのは自分ひとりでなければならないと憤っているのだ。

たとえ愛らしい子供にでも、その権利を譲るのは嫌だ。

デミオンはもっとアンジェリーナの反応が欲しいと、胸から柔らかい腹部を辿り、髪よりも濃い茂みの中を潜り、割れ目に舌を這わせた。

「侯爵さまぁっ」

閉じようとする脚を広げ、しっとりと濡れているのを舌で確かめていくらか満足する。アンジェリーナが見ていられないと腕で顔を隠しても、反応する身体では何も隠せていない。その反応をもっと引き出したくて、襞の中を舌で往復する。

「んあぁっ、や――だめ、もう、あぁぁっ」

最初の頃より、格段にアンジェリーナの反応が顕著だ。

恥じらっていても、これが気持ちのいいことだとアンジェリーナの身体も覚えているのだろう。身を捩ってもデミオンの力に敵うはずもなく、その痴態を見ると、むしろもっと広げたくなってくる。

脚を広げていた手を放し、舌を入れて擽っていた膣の中に中指をゆっくりと埋める。一本の指ですら、しっかりと絡んでくる内部の狭さと柔らかさにデミオンは目を細めた。

この中に入れたら気持ちいいだろうな。

想像するだけで背中が震え、すでに硬くなっている自分の性器が熱くなった。

「あ、あっ、こう、しゃくさ、まぁ……っ」

それでもデミオンの名前を呼ばないアンジェリーナに、指の抽挿を速める。

ぐちゅぐちゅと水音を立て、アンジェリーナから溢れる愛液はさらにデミオンの手を濡らしていく。

「あ、や、あぁっあっあ――……っ」

びくびくと痙攣するような震えを全身に走らせて、アンジェリーナは悲鳴のような声を上げてくたりと大人しくなった。

達したのだろう。

そしてそのまま動かなくなったアンジェリーナの腕をどけてその顔を覗き見ると目は塞がれていて、薄く開いた唇は動かなくなっていた。

絶頂に達したまま、気を失ってしまったのだ。

「……アンジェ、リーナ」

脚を広げたまま力を失くし、濡れた膣から指を引き抜いてもアンジェリーナは反応しない。そっと名前を呼んでも、意識を失くした相手に届くはずはない。

知ってはいても、名前を呼ばずにはいられないのだ。

寝台に四肢を投げ出す裸体は、誰よりも女性らしいものだった。

デミオンはあの姿絵よりもずっと多く見ているアンジェリーナの身体を、改めてじっくりと確かめる。

投げ出された四肢は細い。腰も細くコルセットの必要性などないように思うくらいだ。

しかしその上に実った乳房はアンジェリーナが身じろぎするたびにふるふると揺れてデミオンの視線を奪う。胸が大きいから腰が細く見えるのか、腰が細いから胸が大きく見えるのか。

デミオンは手で触れて確かめずにはいられない。何度触れても、何度も確かめてしまう。

綺麗な髪の色よりも濃い陰毛の奥は、先ほどまでデミオンが散々弄っていたおかげでまだ濡れている。もっとこじ開けて奥まで入ってこいと誘っているようだ。

苦しげに閉じられた目は少し開いた口元のせいで扇情的だ。

つまり、達したアンジェリーナは、転がっているだけでデミオンを欲情させてしまうのだ。

自分が結婚したいと望んだ姿とはまったく逆の姿だというのに、こうも駆り立てられるのは自分が大人の男だからだろうか。

いや、大人だからというだけではない。

デミオンはついさっきアンジェリーナから引き離した少年を思い出した。泣いているのなら泣き止むまで甘やかして、抱き続けてあげたいと思っていた子供のはずなのに、わざとアンジェリーナの胸に縋る姿を見ると、何故だか不快なものが全身を駆け巡り、気付くとデミオンはアレンをアンジェリーナから引き離していた。

そのまま子供の心配だけをするアンジェリーナが、やはり何故だか面白くなかった。

自分の気持ちがわからないという苛々を抱えたまま、目の前の身体から離れることもできず、アンジェリーナの中へすでに硬くなっていた性器を押し込んだ。

「ん……っ」

「……っくそ、なんで、こんなに、気持ちいいんだ」

衝撃からか、微かな反応を示したもののアンジェリーナは目を覚まさない。覚まさなくても構わないと、デミオンは細い腰を摑んでゆっくりと抽挿を繰り返す。

出してしまいたい。

しかし永遠にこのままでもよいのではないかと思うほど、全身でアンジェリーナの身体に溺れている。

「ん……んっ」

アンジェリーナの睫毛が微かに揺れる。

さすがにもう目を覚ます頃だろう。しかしこの律動を止めるつもりはない。このまま目を覚ましたとき、アンジェリーナはどんな反応をするのか。それも楽しみでデミオンは苦しそうに眉根を寄せるアンジェリーナを見つめた。

「ん、あ……？」

「……リーナ」

開いた唇は厚く、吐息が零れる様は奪ってくれと言っているようにしか見えない。デミオンは思わず子供たちが呼ぶ愛称を口にして、その唇を塞いだ。

「んん……？」

「はぁ……リーナ」

「あ、ん……っ!?」

抽挿することを止めて今度は唇に夢中になってしまう。

どうしてアンジェリーナの身体は、どこもデミオンの意識を奪ってしまうのか、自分自身にもわからないくらい不思議だった。

吸い付くように、何度も唇を塞ぎながら、デミオンは一度口にしてしまった愛称を繰り返してしまう。

「リーナ」

「……ッ」

揺れる睫毛が上がり、完全に意識を取り戻したアンジェリーナは、こちらが驚くほど目を見開き、そしてその顔は嬉しそうではなかった。

「……どうした?」

「いま……」

まるで幽霊にでも遭遇したような。

不安と恐怖が混ざったアンジェリーナの表情は、初めて見るものだった。

いったいどうしてそんな顔をするのか、デミオンにはさっぱりわからない。気を失っている間に挿れたのが嫌だったのか。デミオンはキスを止めて訝しんだ。

「今、なんて……」

愛称で呼んだことが気に入らなかったのか。

怯えたようなアンジェリーナの声と表情に、むっとなった感情がそのままデミオンの表情に出た。

「子供たちが呼んでいるじゃないか。呼びやすくていい」

「……私の、名前ですか？」

「それ以外に何がある」

何が気に入らないんだ。

疑っているようなアンジェリーナの顔に、デミオンがますます顔を顰めても無理はないはずだ。なのにアンジェリーナは少し考え、口を開いた。

「……その名前では、呼ばれたくありません」

「子供たちは呼んでいるのに？」

「んあっ!?」

低い声は、怒りからくるものだった。

デミオンの感情は身体にそのまま繋がっているようで、アンジェリーナに埋まったままの性器がはっきりとそれを表していた。アンジェリーナは初めてそれに気付いたように、びくりと身体を揺らしこの状況を確かめ目を彷徨《さまよ》わせる。

どうして、いつの間に、と混乱しているのがよくわかる。

「……何が嫌なんだ」

「あっあっん！」

顔を覗き込みながらわざと腰を揺らすと、アンジェリーナは同じように喘《あえ》ぐだけでまともに答えられなくなる。答えを知りたいのもあるが、デミオンの動きに翻弄されるアンジェリーナを見るのも止められない。

それでもアンジェリーナが嫌だと言う理由が知りたくて、もっと振りたくなる腰を理性で抑えつけ、呼吸の乱れるアンジェリーナの頬を包んだ。

「あ……っ、ん、あの、みんなが、呼んでいるから……？」

「…………！」

「ふぁあああんっ」

最後が疑問のようだったのは少し気になるが、それがどうでもよくなるほど、デミオンは一度思い出していた理性を奪われた。

みんなが呼んでいるから同じ名前を呼ばれたくない。

それはどういう意味だ。

考えながら、湧き上がってくるのは喜びだ。どうしてそんなことが嬉しいんだ、子供じゃあるまいし、とデミオンは自分で自分をどこかで嗤《わら》っている。

子供と同じに扱われなくて喜ぶとは、まるで子供だ。

自分で自分の感情が整理できない。できないくせに、それもまた嬉しい。

「こ、こぉしゃく、さまぁ……っ」

「デミオンだ」

「ふあっあんっ？」

「私の、名前を、忘れたのか？」

激しく腰を揺らしながら、逃げられないようにアンジェリーナの腕を寝台に押さえつける。突き上げられる激しさに、アンジェリーナがついて来られないのはわかっている。わかっていても、止められない。そして考えるよりも前に口にして、気付いた。

デミオンは、アンジェリーナに名前で呼ばれたかったのだ。

いつか呼んでもらえるはず。それを強制するなど子供のようで嫌だ。どこかでそう思っていたのに、口にするとどうしても呼ばれたくて自制がきかなくなる。

アンジェリーナは短い呼吸の合間に、しっかりとデミオンを見上げてその首に手を回した。

「デミオンさま……っ」

名前で呼ばれることが、たったそれだけのことがこれほど嬉しいとは想像していなかった。デミオンはそれだけでもイけると考えながら、夢中でアンジェリーナを貪り続けた。

「デミオンさまぁ……っあっあ！」

「アンジー……っ」

他に誰も呼んでいない愛称を一瞬で考え、迷わず呼んだ。

アンジェリーナの中で果てるのは気持ち良過ぎて狂いそうだとデミオンは感じた。ぐっ

と最奥《さいおう》を突き上げ、痛いくらいに強く押し付けて達した瞬間、デミオンはあまりに簡単な事実にようやく気付く。

なんだ――好きなのか。

荒い呼吸のまま、またぐったりと力を失くしたアンジェリーナをじっと見つめて、デミオンは感情の乱れも、それが抑えきれないことの理由にも気付いた。

子供を愛らしいと思うこととはまったく違う。

アンジェリーナのことになると、簡単に苛ついたり戸惑ったり喜んだりできる。その理由がすべて、好きだという単純な感情から生まれているとデミオンは気付き、そして納得した。

自分の知っている女性たちとはまったく違う。それでいて、デミオンはアンジェリーナの好きなものなどまったく知らない。なのにアンジェリーナに他の誰かが触れていると子供相手であっても腹が立ってくるし、その視線の先にデミオンがいないことが面白くない。

これが好きだということか……

アンジェリーナが自分に振り向いてくれたなら、きっと何よりも嬉しいはずだ。

デミオンの腕の中で、デミオンだけに微笑むアンジェリーナ。それを想像するだけでデミオンはまた治まりがつかなくなる。

「アンジー……」

もう一度愛称で呼ぶと、瞼を震わせてアンジェリーナがゆっくり意識を取り戻した。デミオンが呼んだことが不思議だという目で見上げているが、アンジェリーナが嫌だと言ったのだ。新しいデミオンだけの愛称を改めるつもりはない。そしてまだ繋がったままだと気付いたのか、顔を染めて首を振った。

「もう……無理、です」

「そうか？」

アンジェリーナの声は掠れていた。その声で、精いっぱい伝えようとしたようだが、この衝動を止めるのは無理だ。

気持ちを自覚してしまったからか、いつもよりさらに興奮している気がする。

「ん、あ……っ」

体位を変えようと、一瞬でアンジェリーナを裏返し背後から獣のように抱いた。

「ん、あ、あ！　や、あぁ……っ」

挿《はい》ることに何の抵抗もなかった。そしてアンジェリーナの中は、本当に気持ちがいいのだ。

その気持ち良さから逃げ出そうとするアンジェリーナの背中を追って、デミオンは繋がった部分の少し上で濡れている芯を捕らえ、指の腹で擽り強く刺激した。

「あぁんっ」

「……イったのか？」

「ん、ん……っ」

思わず訊いてしまったが、アンジェリーナの中は絶頂に達すると収縮が強くなる。もっとデミオンから搾り取ってやろうかというように蠢《うごめ》くのだ。

これだけの刺激で達してしまうとは、最初の頃では考えられないほどアンジェリーナの身体は溶けてしまっている。

そうさせたのが自分だと思うと、デミオンの性器はさらに硬くなった。

「あ……っあっあっ」

「……ああ、すごい」

思わず身体を起こし、寝台に伏せる体勢になったアンジェリーナの腰を捕らえて強く揺さぶった。

「んっんんっ」

「……アンジー」

シーツを強く摑む指が白くなっている。

アンジェリーナが何かに耐えているのは後ろから見てもよくわかる。それでもこの律動を止めてやる気になれない。

アンジェリーナも気持ちが良いと身体で言っているのがわかるからだ。

背中が撓《しな》り、中がうねる。

これが一生続けられるのなら、デミオンは他のどんなことも捨ててしまいそうだった。

「んっはんっ、も、……も、うっ」

「なんだ？」

必死に何かを耐えるように微かに声を上げるアンジェリーナに、自分も少し落ち着く必要があるとゆっくり動きを止めた。

それにほっと息を吐いたアンジェリーナは、乱れた髪のままそろそろと後ろを振り仰ぐ。

「……もう、いっぱいです。子種を溢れさせては、意味がな……あああぁっ」

「……っあー、くそ、我慢できなかった……」

理性など一瞬で振り切れた。

強く摑んだ腰をさらに強引に押し付け、アンジェリーナの言うように白濁を溢れさせる。

舌打ちしてしまうのは無理もないはずだ。

我慢しようと思った矢先に煽られたのだから。

「ん……っ」

身体中を震わせてデミオンの熱い飛沫《ひまつ》を受け止めたアンジェリーナは、その衝撃に耐えようと手を握りしめていたが、デミオンが自身を引き抜くとまた息を吐いた。疲労の浮かんだ顔で瞼を閉じようとする。

疲れているのだろう。それはわかっているが、アンジェリーナは体力がなさすぎる。

もう少し力をつけないと、デミオンに付き合うことができないだろう。

体力をつけるには日々の努力が肝心だと、デミオンは睡魔に身をゆだねようとしているアンジェリーナの身体をまた返し、力の抜けた脚の間に身体を進める。

「デミオンさま……？」

ぼんやりとした声が耳に届くが、デミオンを誘うのはいつだってアンジェリーナのほうなのだ。

「もう少しゆっくりするつもりだったのに……私を誘うアンジーが悪い」

「は……え？　ええ？」

「もう一度。今度は我慢してみせる」

「……！」

涙目になって顔を横に振るアンジェリーナは、逃げる体力も残っていないだろう。別にそれで構わなかった。思うまま、デミオンに揺さぶられて感じるだけでいい。

それだけで、デミオンも気持ち良くなれる。

アンジェリーナを自分のものだと思える。

「んあぁっあふ、あっ」

掠れた声を上げるアンジェリーナの手は、もうデミオンに縋る力もないようだ。しかしデミオンが揺するたびに同じだけ揺れる乳房は、ずっとデミオンの視線を捕らえて放さない。

「あっあ、あ――……」

乾いた唇を舐めて、デミオンは身体をかがめその胸の先にしゃぶりついた。

「ッく、」

硬い先に思わず歯を立ててしまったが、その衝撃でアンジェリーナは達してしまったようだ。デミオンを包む内側の収縮に思わずデミオンもつられそうになるが、口を離し奥歯を噛んで耐えると、そのままアンジェリーナの意識は完全に落ちた。

「アンジー……」

ここでひとりにされるとは。

虚しくなっても、身体の熱は治まらない。意識のないアンジェリーナの身体を抱き、もう一度中で果てたところでデミオンはようやく寝台から降りることにした。

気付けば寝台は二人分の体液で汚れていて、それを受け止めたアンジェリーナも濡れたままだ。カーテンを引いていない窓の外はいつの間にか闇に染まり、デミオンはくたりとなったアンジェリーナとそれを見比べて、今更ながらに落ち着かなくなって裸のままの身体にガウンを纏い、寝室の外へ出た。

リビングには、たまたまなのか待っていたのか、家令が書類を持って立っている。

「もうよろしいので？」

「ファリノス――」

中で何をしていたのかわかりきっているだろう。

時間の経過もわからないが、食事も抜きで付き合わせたことに改めて罪悪感が湧く。しかしそれよりもと首を振る。

「私は、アンジーを好きになってしまったんだ！」

「はぁ」

珍しく気の抜けた返事をする家令に、デミオンは主の言うことを理解しているのかと怒りたくなってもう一度繰り返す。

「アンジーが好きなんだ！」

家令はそれを瞬きひとつで聞いて、平然と受け止めた。

「今更ですか？」

「い、いまさら……!?」

「今更ですよ。みな存じております」

驚かないのか、自分はこんなに驚いているのに。デミオンは心がざわついているのに、家令は通常どおり冷静なままだ。

「とりあえず、初恋が奥様でよろしかったですね」

「………!!」

初恋。

デミオンにとっての初めての気持ちだ。

改めて言われると、デミオンはさらに落ち着きがなくなる。

部屋の中を、寝室の扉の前をうろうろとし始め、湧き上がる気持ちが抑えられず寝台に戻ってもう一度抱きたくなってくる。

それを見抜いたのか、家令は手にした書類をデミオンに見せた。

「さ、旦那様、最後のこの書類に署名を。そして王都へお出かけになるご準備をなさってください」

「王都……？」

改めて言われて、デミオンは自分の予定を思い出す。

どうしても寝室の中が気になり、家令が差し出す書類を受け取りたくない。

「だ……駄目だ、今は駄目だ。せめて明日……いや、行くのは明日か？　今日か？　今は何時だ？」

時間の感覚がなくなっているデミオンは一歩下がるが、家令はそれを許さない。幼い頃から侯爵家のためにと躾けられてきた家令はここで仕事を放棄するなど許さないのだ。

「お出かけになるには、もうすでに今日でございますね。朝早くお発ちになるなら、今すぐに署名を。準備はしておきますから。奥様はこの際、ゆっくりお休みさせてあげてください。何度も言いますが、労るのも大事なことですよ」

「し、しかし……」

デミオンはアンジェリーナと離れたくなかった。

王都まで早馬を駆けさせて一日かかる。それから王宮への報告や打ち合わせなどで、いつもなら一週間ほどの日程で出かけるのだ。

付き合いの長い国王から王都への招待を受けるのだが、騒がしいだけの王都は苦手だ。娼婦に女の本性というものを教えられたのも王都であるし、夜会だの舞踏会だのに駆り出されて結婚相手にと他の貴族から値踏みされるようになったのも王都だ。

領地にいれば、安心して仕事だけができるから今は必要最低限の日数しか王都に留まらない。しかし今は、そのわずかな日数すら惜しかった。

せっかく自覚したのだ。

好きな妻と一緒にいられることを放棄して、どうして遠い王都へ行かねばならないのか。

顔を顰め行きたくない言い訳を探そうとするデミオンはまるで子供だ。姿だけは大人のはずだが、その態度はまるきり子供だと家令にいつも呆れられるところだが、デミオンはこの際気にしてなどいられない。

「旦那様、奥様にも休養を。そして王都で奥様への贈り物をお選びになるのでは？」

「そうだった！」

「……ちゃんとお仕事もなさってくださいね。さ、これに署名をして、少しお休みになってください」

出発まで、と家令は労わりを見せたのだが、ガウンのままのデミオンは書類をひったくると机に向かいペンを走らせる。

「すぐに出る。ファリノス、用意を」

「……今から、ですか？」

「そうだ。今だ。早く行って早く帰ってくる。それまでアンジーを頼むぞ」

即断即決をするところは主人として頼もしいところだが、その理由はどうかと顔を顰めながらも家令は従った。

「……わかりました。一刻お時間を。ご用意ができましたらお呼びいたします。それまでに何かお食事を……」

「いや、いい。侍女たちに寝台を直しに来させてくれ。あと、濡れたタオルも要る」

「畏まりました」

深く礼をして部屋を後にする家令を最後まで見ることなく、デミオンは寝室へと戻り寝台の上で微かにも動きを見せないアンジェリーナを見つめた。

「……すぐに帰ってくるからな」

侍女に用意させたタオルでアンジェリーナの身体を清めてやりながら、名残惜しそうにその身体を弄ってしまったことをアンジェリーナは一生知ることはないのだった。

四章

「う、ん……？」

アンジェリーナが重たい瞼を持ち上げて目を覚ましたのは、窓から入った光で部屋が明るくなっていたためだった。

ゆっくりと何度か瞬いて、ぼんやりと状況を思い出し、ぎしりと身体を揺らす。

今、何時だろう……

少し慌てたのは、この明るさが朝のものだとは思えなかったからだ。

夕方ではないだろうが、かなり眠っていたことは事実だ。正直、アンジェリーナは自分がいつ眠ったのかを覚えていない。この部屋はアンジェリーナの部屋ではなく夫婦の寝室だ。そしてここへ入ったときは同じように陽が高かったのを覚えている。

そしてその後のことも思い出し、アンジェリーナの顔が熱くなった。

冷静になればわかる。「ビーナ」と似た名前で呼ばれることが嫌だなんて、まるで子供の癇癪《かんしゃく》だ。

そんなことを言うつもりはなかったのに。

「他の人が呼んでいるから嫌だ」などと、いったいどんな言い訳だとアンジェリーナは顔が真っ赤になった。しかし、侯爵は何故かそこから勢いづいて、アンジェリーナは顔の熱など気にならないほど振り回された。

これは、いったいなに？

自分の纏まらない感情が渦巻いて、気持ちが悪くなるほどだった。侯爵がアンジェリーナをどう呼んでも構わないはずだ。これまでのように名前でも、子供たちと同じような愛称でも、呼びたいほうでいいと思う。

しかし、霞んだ頭に響いた名前に、全身が凍りついたようになったのをはっきり覚えている。

「ビーナ」

侯爵の声が、そう呼んだように聞こえたのだ。

実際には「リーナ」という新しい自分の愛称だったが、似ていることにアンジェリーナはようやく気付いた。そして、似ていることがアンジェリーナをとても不安にさせる。

どう呼ばれたっていい。でも、誰かの代わりになるのは嫌だ。

アンジェリーナは誤魔化しきれないその気持ちを誤魔化すために、侯爵に口走ったことを少し後悔した。

何が良かったのかはわからないが、それから侯爵は何度もアンジェリーナを組み敷き、貫いたままアンジェリーナを散々泣かせたからだ。

また思い出して顔を熱くして、そんなことを考えては駄目だと違うことを思い浮かべる。

しかし頭に浮かぶのは自分が言ってしまったことだ。

その感情は嫉妬だ。

まったく馬鹿げている。

そんな風に思うことが、おかしい。アンジェリーナは首を振り自分の気持ちに蓋《ふた》をした。

侯爵に、侯爵だけの愛称で呼ばれることが嬉しいだなんて、自分はかなり侯爵に傾倒してしまっているようだ。

あの趣味さえなければ……

ここにいるのはアンジェリーナではなかっただろう。

感謝されるのはアンジェリーナではなかったはずだ。

残念な人ではあるが、良い人であることも確かで、アンジェリーナは侯爵には幸せになってもらいたいと心から思う。それは偽りのない、本心だった。

子供が好きだというのなら、頑張って子供をつくろう。その後で、本当に好きな相手がいるのなら、その人を迎えるよう自分から進言してあげたい。

たとえそれが、平民の少女でも、侯爵が望むのなら受け入れる。名前が似ているから嫌だなどというわがままは押し込め、快く受け入れなければならない。

それが貴族の結婚というものなのだから。

アンジェリーナは寝台の上でひとり、気持ちが固まるまでじっとしてから、ようやく身体を起こすことにした。

疲労感と脱力感に襲われ、このままもう一度眠ってしまおうかと思わないでもなかったが、陽も高いというのにいつまでも眠っているのは性分として落ち着かない。身体が軋むのは一晩中酷使されたせいだと思うと恥ずかしくなるが、陽の光に晒された自分の身体を見て、もっと顔が熱くなった。

アンジェリーナの白い肌に残る、痣のような痕跡。それは侯爵がつけた愛撫の痕だ。誰が見ても、異常だと思うほど全身に、触れていない場所はないほどに付いている。胸の周りや腰の下あたりは特に多く、アンジェリーナは顔を覆ってしまいたくなった。

寝台の側に置いてあったガウンを手に取り、慌てて身体を隠したのだが、ドレスに着替えるには侍女の手が必要だ。そのときには見られてしまうだろうと想像がついて、今から恥ずかしくなる。

「痕をつける必要があるのかしら……」

侯爵の行動の意味を測りかねて首を傾げながらも、次にするときには控えるよう抗議したいと考えた。

しかし自分から次があると考えてしまったことでまた顔が火照《ほて》り、一度頭を冷やしてこの思考を洗い流したいと、傍に置いてあったベルを鳴らした。

隣の部屋か近くに控えているだろう侍女が気付いて入ってくるまでに、アンジェリーナは手であおいで顔を冷ますしかなかった。

さすがに侯爵家の侍女というところなのか、アンジェリーナの羞恥心を煽る身体を見ても、彼女たちは何も言わず仕事をこなした。ただ、露出の少ないドレスを選ぶしかないことが侯爵への不満といえば不満だったのかもしれない。

この屋敷に着くなりアンジェリーナのために誂《あつら》えられたドレスは、すでにクロゼットにいっぱいになっている。普段使いのものや礼装用など各種あるが、アンジェリーナが持参した、はしたないかもしれないと思った母のドレスなどはしたないうちに入らないほど、新しいドレスは身体の線や肌がよく見えるものが多かった。

侯爵の趣味なのか侍女たちが選んでいるのか、お針子たちが提案しているのかはわからないが、作ってもらえるものに対してアンジェリーナが口を出すことはできない。

そして着飾らせられた後で、口を揃えて「お似合いです」と言われると、胸が開き過ぎかもと思いながらも「ありがとう」と返すしかないのだ。これが侯爵家と子爵家の違いだろうかと思うと、アンジェリーナは複雑な気持ちになりながらも受け入れるしかない。

だから今、肩や腕が覆われた大人しいドレスが着られるのは少しほっとする思いだった。

朝食兼昼食を用意されて、アンジェリーナはそこまで眠り過ぎていたわけではないはずと、ここにはいない姿を探した。

「……あの、侯爵様は？　もうお仕事へ？」

アンジェリーナは自分がいつ眠ったのかはわからないが、確実に侯爵はそれより遅く眠ったはずなのだ。だというのに寝台ではひとりだったし、今も用意された食事はひとり分で、首を傾げる。

仕事をしているのなら、あまり眠っていないはずだ。どんな体力なのか、呆れるくらいだった。

しかし返された侍女の言葉に、アンジェリーナはさらに驚くことになる。

「旦那様は、王都へ向かわれました」

「……え？」

「いくつか王都で片づけることがありましたので、三、四日ほどの予定でお発ちになりました」

詳しく教えてくれたのは家令である。

領地で決められることも、王都へ報告の義務がある。それは小さいながらも子爵家で領地を預かる父の仕事を見ていたアンジェリーナも知っていることだった。

しかし、その出発の見送りもできなかったのは、妻としていたらないところだ。

「本当？　そんなに急なことだったの？　私、全然気付かなくて……起こしてくれればよかったのに」

アンジェリーナの仕事が、侯爵の跡継ぎを産むことだったとしても、侯爵夫人としての仕事がそれだけで済むとは思っていない。

嫁いだもののやるべきことができていなければ、妻として周囲から嘲《あざけ》られてもおかしくないのだ。動揺したアンジェリーナに、大丈夫ですと答えたのは家令だ。

慌てる様子など一度も見せたことのない家令は、侯爵とあまり変わらない年なのにずいぶん年上のように見える。

「旦那様が、ゆっくり眠らせるようにとおっしゃいましたので。それにすぐ帰って来られますので、そのときにお出迎えをお願いいたします」

きっと旦那様は喜ばれます、と続ける家令の言葉は、どういう意味なのか理解しかねたものの、アンジェリーナはそれなら不在の間はしっかりこの屋敷を管理しなければと意志を固める。

「……そう、じゃああと三日、いえ四日は、何事もないよう気を引き締めなければならないわね。ファリノス、この機会にいろいろと教えてちょうだい」

いつもは侯爵との仕事と屋敷の家宰で忙しいファリノスだが、この機に侯爵夫人としての振る舞いをもっと教えてもらいたいと思った。けれど家令はまったく変わらない態度で首を振って答えた。

「いえ――奥様、恐らくあと二日、明後日には旦那様はお帰りです」

「……え？」

どうして、とアンジェリーナは首を傾げた。

ここから王都まで、早馬で一日。アンジェリーナと侯爵の結婚誓約書を持って往復したという無茶は例外としても、普通に向かえば早朝出発しても夜になるだろう距離だ。

アンジェリーナとの夜、始めたのは夜ではなかったが、一晩を過ごしてから出掛けたとしても、家令の言う日程ではほとんどとんぼ返りであり、何をしに行くのかわからないことになる。

「旦那様がご出立されたのは昨日の朝でございます。奥様は丸一日——眠っておられましたので」

「——はい？」

一日眠っていた？

アンジェリーナは理解しがたかったが、真面目な家令と異論を唱える様子のない侍女たちに、じわじわと意味がわかってくる。

「……つまり」

「はい。あまりによくお眠りになっていらっしゃるので心配いたしておりましたところです」

お目覚めになってよかったと使用人一同で頷かれ、アンジェリーナは理解した。

侯爵と寝台に入り、時間もわからず延々と貪り続けられた結果、アンジェリーナは侯爵が出て行ってからも一日中眠り続けていたのだ。

そんなこと現実にあっていいのか。

身体が軋むのは何度も侯爵に抱かれただけではなく、一日寝台に転がっていたせいもあるのだろう。

明らかに、寝すぎである。

アンジェリーナは座っているのに眩暈がした。目の前の食事を続ける気がなくなっても仕方のないことだった。

＊

「顔が緩んでいるぞ」

デミオンは言われる意味を理解していたが、自分がどんな顔をしているか自覚はない。王都の中心部、王宮のさらに最奥の国王の私室で、その国王に指摘されてもデミオンは黙殺することにした。

実際、どうしてこんな場所にいなければならないのかと、半分怒ってもいたからだ。仕事だとファリノスに急かされ、アンジェリーナを抱いた――抱き潰したその身体で王都に馬を走らせたのだが、気持ちは何度もあの寝台の上に戻る。

今もまだアンジェリーナが眠っているだろう寝台の上にだ。

デミオンは自分にあれほどの性欲があるとは思っていなかった。正直に言うと異性を見ても反応しないのでもう枯れたのかと思っていたほどだ。しかしそれはアンジェリーナに出会うまでだ。一度あの身体を腕に抱いてからは、二度と手放す気にはなれない。

そしてついに、デミオンは自分の気持ちを自覚したのだ。

アンジェリーナが好きだ。

考えるだけで、またアンジェリーナを抱きたくなってくる。もちろん自分より体力のないアンジェリーナを際限なく付き合わせるわけにはいかないとわかってもいるから、ほどほどにするとは思うが、そこまでしなくても同じ場所で眠っていたい。

少し前、結婚する前までは、純粋な子供が傍にいるだけで満たされていたはずなのに、アンジェリーナを知ってから常に餓えている気がする。

いったいどうしたことか……

デミオンは自分で自分の感情が抑えられず、戸惑っていた。しかし嫌なわけではないのだ。それらがすべて、アンジェリーナが好きだということに起因するというのなら、何もおかしなことはないという結論に達する。

「だから顔がにょによしていて気持ちが悪いと言っているのに」

国王に顔を顰められながら教えられても、デミオンは気にならなかった。

敬うべき立場の国王とはいえ、デミオンとは幼い頃からの友人であり、気の置けない間柄でもある。人前での臣下としての礼は心得ているが、私室に二人きりでいるときまでデミオンは取り繕ってはいられない。

そもそも、こんな場所にまで来たくはなかったのだ。

あのままアンジェリーナの身体を抱いて眠ってしまいたかった。

しかし自分の立場を思い出し、そしてアンジェリーナに何か与えたいという思いから、寝不足のまま馬に乗った。寝不足だったが、気分は高揚し、護衛を引き離すほどの勢いで王都へ駆けた。

それもこれも、アンジェリーナが待っていると思うからだった。

つまらない用事など早く終わらせて、あの柔らかで淫靡《いんび》な身体を思うまま抱きしめたい。

そのために、デミオンは王都に着くなり仕事を進め、領地の報告を済ませさっさと帰るつもりだった。さすがに仮眠は取ったものの、この強行軍では付き従う護衛のほうがもたないだろうとも思い、一日はゆっくりすることにした。

そこへ国王からの呼び出しがあり、デミオンはこうして友人の前に座っているのだった。

国王に呆れた顔をされても、デミオンは改めようとは思わない。少し顔に手を当てて、

「そうですか？」

一言返しただけだ。

「新妻のことばかりを考えているのだろう。新婚ならば仕方がないというところだが
――」

わかっているなら何も言うなと言いたいが、国王は苦笑して続けた。

「正直、お前がそんなに変わるとは思っていなかった。子供たちへの抑制というか、体面

上は形式を整えておきたいと思っての結婚だったはずなんだが」

この国王も、デミオンを結婚させたかったひとりである。

王宮にいる間は絶えず相手を紹介され、押し付けられそうにもなり、それが嫌でデミオンは王都から足が遠のいていたのだ。国王もそれはわかっていただろう。デミオンがどんな気持ちで紹介される淑女たちを拒否し、幼い子供たちに甘い目を向けるかをよく知っていたはずだ。

それでもデミオンの周囲は、デミオンが独り身でいることを許さなかった。

デミオンもそれはわかっているから、いつかは結婚をするはずでもあった。

家令の手管に乗せられた形だが、アンジェリーナが相手でよかった。帰ったら礼のひとつでも言ってやってもいいかもしれないとデミオンは思っていた。

その顔を見て、国王は目元を和らげた。

「夫人となったのは、前アルキス子爵の令嬢だったな。前アルキス子爵は誠実でなかなか頼れる男だ。その娘も、とてもできた令嬢だと聞く」

「ご存知なんですか」

今は国王との会話を楽しみたいとは思わなかったが、アンジェリーナのことならば意識を引き寄せられた。国王はそれに気付いてにやりと笑う。

「俺を誰だと思っている。自分の臣下のことくらい把握している。子爵令嬢は王宮の舞踏会にも夜会にも来たことはないからよくは知らないが……美しい人のようだな」

「アンジーが素晴らしいのは容姿だけではありません」

「……すっかり夢中だな。探し出した家臣……ファリノスだったか、彼に礼を言わねばな」

「放っておいてください。そんなことを言うために呼び出したんですか」

今まさにそう思っていたところだが、上から言われると面白くない。

話を変えようと冷ややかに国王を見返すと、思い出したように相手も頷いた。

「それもあるが、報告書も一通り目を通した。国境付近にある河川の治水工事だったな……こちらからも人手を考えるが、それほど集まらないだろうな」

「そうでしょうね。仕方がありません。人夫の賃金を増やしてでも、どうにか確保するようにします」

「ある程度の金を用意すれば人夫は集まるだろうが……指揮をするものが足りない。まさかお前自身が出向くわけでないだろう？」

「私はしばらく屋敷を離れませんよ」

まさに今回、王都にも出てくるつもりはなかったくらいなのだ。

当然のように答えたデミオンに、国王は慣れたように諦めて首を振った。

「それから盗賊が出るという噂があるが？」

「ああ、ええ。それは少し調べました……隣のサリジアから流れて来ているようです。およその所在地は掴みました。身なりが怪しいので賊《ぞく》に見られますが……まだそこまで堕《お》ちていないようですね」

「そうか……まぁ賊に堕ちるとしても、処分はお前に任せよう」

デミオンは部下を使い集めた情報を報告する。

新妻のことを考え顔が緩んでいるようでも、仕事のことについては真面目だと、国王もデミオンのことはよくわかっている。

一通り報告したところで、部屋の扉が軽く叩かれた。

「――陛下、エリザです」

「おお、入れ」

現れたのは、国王の妻である王妃だ。細身の貴婦人であり、国王が心から信頼し、寄りそえる相手でもある。その右左には、幼い子供が従っていた。

「ルーツ侯爵がいらしていると伺いましたので……ハリーとルイを連れてまいりました」

「ああ、土産をもらったのだったな。二人ともこちらへ来て侯爵に礼を」

ひとりは十歳ほどの少年で、父親である国王によく似た活発そうな少年だ。もうひとりはその半分ほどの年で王妃に似ており、大きな目を何度も瞬かせてデミオンを見ている。

「侯爵さま、ありがとうございます」

兄のハリーが代表して言うと、弟のルイも頭を下げた。

久しぶりに王宮へ出向くのでと、用意された荷物の中には王子たちへのお土産が入っていた。それはデミオンではなく家令が用意したものである。デミオンの護衛兼従者は優秀だ。この短時間に国王たちへ渡すべきものはちゃんと手配してくれていたようだ。帰ったら、やはり家臣たちを労ってやらねばならないかと考えながら、二人の少年を見つめた。

「ずいぶん大きくなりましたね。前にお会いしたのはルイ殿下が生まれたときでしたか」

「それだけお前がここへ来ていないということでもあるのだぞ」

「そうでしたか？　陛下が会わせてくれないのだとばかり思っていましたが」

「それは……」

幼い我が子を怪しい嗜好を持つものの前に出したい親はいないだろう。

国王の視線が彷徨い、王妃の視線も同じように戸惑って見合った結果、誤魔化すことにしたようだ。

「侯爵様、改めてご結婚おめでとうございます。侯爵様を射止めた奥様と一度お会いしてみたいわ。今回ご一緒なさるのかと思っていたのですけど……」

見事に綺麗に笑った王妃に、デミオンは残してきたアンジェリーナを思い、目を細める。

「アンジーにはすることがありますので。しばらくは領地から離れられません」

もちろんアンジェリーナの仕事は、子供を産むことである。思わぬ付加価値として、侯爵夫人としての能力も持ち合わせていたが、デミオンにとってそれは付属でしかない。アンジェリーナに一番して欲しいことは、領地経営の手伝いでも屋敷の采配でも子供たちの相手でもない。

デミオンの相手をしてデミオンの子供を産むことだ。

きっと夢に見るような愛らしい子が産まれるはずだ。それを想像するだけでデミオンの気持ちは高揚する。

「……そのすることとやらを、追及しないほうがいいのだろうな」

「……そのようですわね」

国王夫妻がそっと頷き合っているのを、デミオンは耳聡く聞いて口を開く。

「別に構いませんよ。ただ、アンジーの子供はとても愛らしいだろうということです。そう――大きな瞳はきっと輝いているはず。唇も赤く丸い顔に赤い巻き毛が似合う。細い手足はすべすべとした肌で小さい手は椛《もみじ》のようで愛らしい。まるで人形のように可愛らしいその子が動いて笑って私のほうへお父様と呼んで駆け寄ってくる姿が――」

「さ、ハリー、ルイ、お勉強の時間よ。お部屋へ戻りましょう」

「そうだな。すぐに戻ったほうがいい」

デミオンが話す途中で王妃が、そして国王が遮り、子供たちを促しデミオンの前から退《しりぞ》ける。デミオンが恍惚とした顔で、まるでそこに幼い少女が駆け寄って来ているかのように両手を伸ばしていたからだ。

せっかく話していたのに遮られて、デミオンが顔を顰めると、素早く子供たちを部屋から出した王妃は、彼らをそこで子守りに託し、入れ替わりにたくさんの荷物を持たせた侍女や侍従たちを部屋へ入れた。

「エリザ？」

「妃殿下？」

王妃は首を傾げるデミオンと国王の前にそれらを並べて、他のものを下がらせた。

「侯爵様、奥様へのお土産をお考えだとか。これから商人を呼んでは時間がかかりますので、いくつか先に候補を用意させていただきましたの」

「……！」

デミオンは驚いた。

ここから早く退出したいと思っていたのは、アンジェリーナのために何かを選びたいと考えていたからだ。しかしいくら悩んでも思い浮かばず、とりあえず王都のどこかの店にでもと思っていたのだ。

王都で貴婦人の頂点にいる王妃である。

その装いも、装飾品のすべてでも一流であり、王妃自身が趣味の良い女性でもあった。

しかしデミオンの欲しいものを先に用意するとは、いったい王妃はどんな力を使ったのかと訝しく思った。それはすぐ本人から明かされる。

「子供たちへのお土産と一緒に、侯爵様の家令よりお手紙を頂きましたの。時間がなかったのでこれだけしかご用意できなかったのだけど、侯爵様のご相談に乗って欲しいと、私の目にかなうものなら信用できると推されては、任されないわけにはいかないわ」

「……ファリノス」

デミオンは唸るようにここにはいない家令を睨みつけたが、王妃は気にしていないようだ。国王も面白そうだと目を細めている。

「お前が女性に贈り物とは……本当に素晴らしい女性なのだな、その奥方は」

「奥様はどんなものがお好きなのかしら？」

面白がっている国王を冷めた目で睨んでから、デミオンは戸惑いながらも王妃の申し出をありがたく受け入れた。

しかしそもそも、アンジェリーナの身の回りのものすら選んでいるのは侍女たちなのだ。デミオンが一度でも、これがいいと言って買ったわけではない。

いつも着ているドレスも、身に着けているものもアンジェリーナによく似合っている。髪飾りも赤い髪に似合うし、首を飾る装飾品も豊かな胸元を引き立てる。

もちろん、それを取り払うこともデミオンは好きだ。

この気持ちを誤魔化しても仕方がないと、デミオンは正直に、もちろん服を取り払うことについては除いて話すと、国王夫妻からは呆れたような視線が返ってきた。

「デミオン……」

「侯爵様……」

「え？　なんです？」

特に王妃は形の良い額に手を当て、そこにある痛みを誤魔化そうとすると、意思を強くした視線でデミオンを改めて見つめた。

「侯爵様は、侯爵様ですものね。期待するほうが間違いでした。奥様の惚気話《のろけ》をお伺いしたわけではなかったのですけど……では、今王都で流行っているこのストール、光沢があってとても人気なのです。あと、この腕輪なんかいいと思いますわ」

王妃の諦めたような溜め息は無視して、机の上に広げられる装飾品にデミオンは視線を向ける。

「腕輪？」

その中から王妃はふたつの輪を取った。

大小があるが、輪である。もちろん宝石と金具にも細かな芸術的な装飾があり、ただの輪には見えないが、それで何をするのかわからずデミオンは腕輪と王妃を見つめた。

「最近出始めましたの。恋人や夫婦がお揃いでつける、ということがとても人気ですのよ」

なるほど、小さいほうが女性、大きなほうが男性がつけるものかとデミオンは納得したが、これまで自分が何かをつけるということをしたことがなかったため、王妃の手にある輪に躊躇う。

しかし王妃は心得ているのか、そのひとつを自分の腕に、そしてもうひとつを夫でもある国王の腕に嵌めた。

「相手の気持ちも身体も自分のものという征服感が生まれていいそうですわ。あら陛下、お似合いですわ」

デミオンと同じ気持ちを持っていたのか、腕輪を嵌められた国王が複雑な気持ちで自分の腕を見ていたが、お揃いのものが細い腕に嵌まっているのを見ると、悪くないような顔になる。

そしてデミオンは、王妃の言葉で決めた。

相手の気持ちも身体も自分のもの――

それはデミオンが心から望んでいることだった。

「これにしよう！」

即決したデミオンに、王妃はにっこりと笑った。

「では、意匠《いしょう》を選びましょう。侯爵様の奥様にはどんな色がお似合いかしら……」

促されて、デミオンは頭の中に詰まっているアンジェリーナを思い浮かべ、心を躍《おど》らせて似合うものを選んだ。アンジェリーナから離れるのは嫌だったが、このためならば来ても悪くなかったとデミオンは思った。


しかし、それはすぐに受け取ってもらえるわけではないと、このときのデミオンには知る由《よし》もなかった。

領地に帰ったデミオンに、思いもよらないことが待ち受けていたからである。

＊

アンジェリーナが目を覚ました翌日、天気はあいにくの雨で子供たちが屋敷へ来ることはなかった。外で遊べないのは子供たちには残念なことだろうが、アンジェリーナは充分な休息がとれて、晴れた翌日、万全の体調で子供たちを迎えることができたのは幸いだろう。

「リーナさま！」

子供たちが荷馬車に揺られて屋敷に到着したとたん、ガーデンルームで待っていたアンジェリーナに子供たちが駆け寄って来た。それまで毎日のように会っていたのに、数えれば三日ほど姿を見せなかったのだ。心配させたのかもとアンジェリーナは笑顔で出迎える。まだたくさん一緒にいたとは言いがたい日数しか過ごしていないが、それなりに慕われていると思うと嬉しくなるものである。

侯爵家に嫁ぐなど、不安と不審しかなかったアンジェリーナだが、予想以上に楽しい毎日を送っているのだ。

もしかして、恵まれているのかも。

「リーナさま、風邪は大丈夫？」

心配そうに一番に抱きついてきたアレンに問われ、そういうことになっていたのかと侍女と目配せをしながら、アンジェリーナは笑って受け止める。

「ええ、大丈夫。もう元気よ」

他の子供たちからも口々に良かったと安心されると、アンジェリーナの笑みも深くなる。

アンジェリーナが何をしていたのか、本当のことを想像もしていないだろう子供たちは純粋で、可愛らしい。そんなところを侯爵は好きなのだろうかと考えると、侯爵は心の安らぎのようなものを、そこに望んでいるのではと気付く。

それなら、その安らぎをアンジェリーナが取りあげることなどできない。

貴族の政略結婚では、正妻とは別に愛妾を持つことがあることも理解しているのだ。

侯爵がそれにならい愛妾を持つことに、アンジェリーナが反対などできようか。

アンジェリーナはガーデンルームの隅《すみ》で、他の子供たちとは違いつまらなさそうにしているサシュを見つけ、同じように微笑んだ。

いつか侯爵がビーナを迎えても、アンジェリーナは充分恵まれている。サシュは少し驚いた顔をしていたが、後で彼が安心するように教えてあげようとアンジェリーナは決めた。

機嫌を取るわけではないが、サシュはサシュでビーナのことを心配していたのだろう。

侯爵が妾を持つことにアンジェリーナは反対しないと教えてあげれば、きっと安心できるはずだと決めたのだった。

その日の夕刻、再び荷馬車に乗って帰る子供たちの側で、アンジェリーナはサシュにそっと告げることができた。

「サシュ、私は侯爵様がビーナを迎えるのに、反対はしないわ」

「……え？」

一瞬意味を測りかねたように目を瞬かせたサシュは、年相応の顔をアンジェリーナに向けた。

「結婚はできないけれど、侯爵様ともなれば妾を迎えることがあってもおかしくないもの。ビーナがそれでもいいと望むのなら、私は構わないの」

「……ほんとに？」

「本当よ」

驚いた顔で確かめるサシュは、本当にビーナのことを心配していたのだろう。安心するように頷いてやると、子供らしい笑みを顔いっぱいに広げた。

「本当に、本当？　ビーナ、デミオン様のこと、本当に好きなんだよ。デミオン様が結婚されて、すごく悲しそうだったんだ。結婚できないけど、〝めかけ〟ってそばにいられるってことだよね？」

「そうよ。家族のように、とはいかないかもしれないけれど……」

平民の家族と貴族の家族は違う。仲の良い夫婦を想像されると、アンジェリーナは困ってしまうのだが、両親と子供たちが一緒に暮らすのが一般的な平民とは違い、血の繋がった家族でも離れて暮らすことがあるのが貴族だ。そして妾という存在であれば、毎日一緒に侯爵と過ごせるとは限らない。しかし傍にいられることは確かだ。

アンジェリーナの言葉はサシュに届いていないのか、アンジェリーナの前で初めて嬉しそうに笑う少年に、まだ子供だから仕方のないことかもしれないと苦笑する。

「あっ、あんた――いや、奥様、ビーナに言ってもいい？　ううん、奥様がビーナに言ってくれる？」

「え？」

急に呼び方を改めたサシュの頼みに、アンジェリーナは何をだろうと首を傾げる。

「ビーナに、今のことだよ！　きっとビーナも奥様から言ってもらえると喜ぶよ！」

すでにサシュが喜んでしまっているのだが、ビーナも同じなのだろう。

アンジェリーナはあたりを見回し、少し考えたが頷くことにした。

荷馬車の周りに集まった子供たちと、それを守り町までついていく護衛たち。そしてアンジェリーナに仕えている侍女たちを確認して、まだ一度も見たことのない町も想像した。

侯爵家の領地に来て以来、アンジェリーナはこの屋敷から一歩も出たことがないのだ。

そもそも侯爵夫人が出歩くことは滅多にないだろうが、自分の住む領地のことを知らないのもどうかと思う。

子供たちを送るついでに、町まで行ってみるのもいいだろうと判断したのだ。

「いいわ。一緒に町まで行きましょう」

「――リーナさま、いっしょにかえるの？」

アンジェリーナの声を聞きつけて近づいてきたのは一番懐いているアレンだ。

すでに目が輝いて喜んでいる。

「ええ。安全にみんなが帰ることを、確かめてみたいから」

「やった！」

両手を上げて喜んだアレンに続き、周りの子供たちもそれにならって喜ぶ。慌てたのは護衛と侍女たちだ。

「奥様！　そんな突然に言われましても」

「そうです奥様、旦那様が知ったら――」

「侯爵様は今日は帰って来られないでしょう？　町へ行って帰ってくるだけだもの。大丈夫よ」

「でも……」

「大丈夫。護衛もいるのだし、いつも子供たちを安全に送ってくれているでしょう？」

馬が引く荷馬車で揺られるのなら、そう時間のかかる距離ではない。陽が落ちる前には屋敷に戻って来られるのだ。侍女が慌てて止めようとするのを、アンジェリーナは笑って押し切り、元気な子供たちに混ざって荷馬車へ乗った。

長いドレスは動きやすいとは言えないが、走り回るわけではない。アンジェリーナは困惑する従者や護衛を急かし、初めて屋敷を出たのだった。

緩やかな丘を越えると、侯爵家の領地で一番大きな町が見えてくる。

その中心あたりにある広場が子供たちの降りる場所で、荷馬車への集合場所でもあった。

ここで子供たちは各々の家に帰っていくのだ。町の中のことは小さな子供も熟知しているのか、彼らは元気に家へと向かって行く。

アンジェリーナは子爵家の領地とはまったく違う、賑やかな町並みにまず驚き、行きかう人の多さにも驚き、そして平静を装いながらも内心誰より興奮していた。子供たちの乗る荷馬車は町では見慣れた光景だが、その中にアンジェリーナがいることはすれ違う人々からも注目を集めていた。そんなことに注意を払っていられないほど、アンジェリーナは初めてのことに目を奪われていたのだ。

「リーナさま！　また明日ね！」

「ええ、また明日」

子供たちから元気に手を振られ同じように返すと、アンジェリーナは最後に残ったサシュに急かされるように手を取られた。

「奥様、こっち、向こうの店にビーナがいるから！」

「あ、ちょっと待って」

「奥様⁉」

「お待ちください奥様！　こらサシュ！　奥様をどこへ連れて行く気だ⁉」

広場から町の奥へと進もうとするサシュに引っ張られ、それを護衛たちが慌てて追いかけようとする。サシュはそれでも足を止めないし、アンジェリーナも護衛を振り返り声を張り上げた。

「少しサシュと話をしてくるだけよ、待っていてちょうだい」

「いけません奥様！」

焦った護衛を押し留め、壁のように遮ったのは町の住人だ。

奥様と呼ばれるアンジェリーナが侯爵夫人だと気付いた周囲が、確かめるために見知った護衛たちに詰め寄ってきたのだ。

「ねえ！　あの人が侯爵様の奥様!?」

「あの綺麗な人が？　どちらからいらしたの？」

「まったくいつまでも結婚しないと思っていたら、侯爵様は面食いだったんだなぁ」

「こら、お前たち前を開けろ！」

人垣をかき分ける護衛たちと町の人々の声は次第に小さくなっていった。町のことを熟知しているサシュは、混乱した場所から逃げ出すことも得意なようだ。

するすると人の波を潜り抜け、道から奥へ、路地を抜けてアンジェリーナはあっという間に知らない町の中を進んでいた。

「サシュ、あまり遠くへは行けないわ。護衛にも仕事が——」

「遠くじゃないよ。すぐそこ。ほら、あの店」

サシュが指さした先には、一軒の店があり、仕立屋の看板が掛かっている。その入口からちょうど、まだ幼さを残す少女が出てきているところだった。見間違えようもない、ビーナだ。

「ビーナ！」

「サシュ？　……と、奥様!?」

ビーナは駆け寄ったサシュにすぐ気付いたのと同時に、手を引かれていたアンジェリーナにも気付いて、どうしてここにいるのか理解しがたい顔にもなっていた。

店の前は目立つからと、人気のない裏の路地へ回り、驚くビーナにサシュが興奮も冷めやらぬままアンジェリーナが言ったことを繰り返した。

「だから、ビーナはデミオン様と一緒にいられるんだって！」

「……本当に？」

驚きの中にも喜びを見せるビーナに、アンジェリーナは戸惑いながら頷いた。

自分でも決めたことだが、実際に愛らしい少女を前にすると気持ちが揺らぐ。自分との違いをまざまざと見せつけられているせいかもしれない。

それでも頷いたのは侯爵夫人としての自尊心があったからだ。

「本当に、本当に!?　ああ、奥様、ありがとうございます！」

小さな子供のように飛び跳ねて喜ぶビーナは、少女らしい顔をさらに輝かせていた。そんなに喜ばれると、アンジェリーナは躊躇いを隠せなくなる。

「でも、これは私の気持ちであって、侯爵様が確かに望まれたことではないのよ。きちんと侯爵様の意思を確かめてからの話よ」

「そんなこと！　デミオン様はビーナがすごく好きなんだよ！」

「サシュ！」

「だってお屋敷でいつもビーナのこと見てたもん、デミオン様！」

言い切ったサシュの言葉に驚きながらも、自覚はあるのだろうビーナが恥じらいながら喜びを見せる。

それはアンジェリーナが知らない侯爵の話だった。

アンジェリーナが来る前のことなど、アンジェリーナが知るはずもない。本当かどうかなど確かめるすべもない。

複雑な感情がアンジェリーナの心を占める。

このままここに居てはもっと落ち着かなくなりそうだと、喜ぶ子供たちに帰ることを告げようとした瞬間、路地の奥から見慣れない男たちが二人、姿を現した。

「……貴方たちは」

この町のことをよく知らないアンジェリーナが見慣れないと判断したのは、男たちの服装のせいである。この町の住民たちとは明らかに違う身なり。薄汚れた上下に埃を纏ったようなマント。その下には剣を携えているのがちらりと見える。ひとりはフードを被っていたが、もうひとりは髪を押さえるように布を巻いているだけだ。晒された顔は服と同じく汚れていて、突然見合ってしまったアンジェリーナたちを焦った目で見ていた。

剣を持っているのなら、傭兵や護衛騎士かと思わないでもないが、この二人の容姿がそれを裏切っている。町で生活する以上、それらの職業でも身なりはある程度きちんとしていなければ仕事を得られないからだ。

さらに町中ではありえないドレスを纏ったアンジェリーナを見たときの驚きと焦り。すぐに警戒するだけの何かを感じ取り、アンジェリーナは男たちと子供たちの間に立った。

ここでもし、何もなかったように通り過ぎるだけなら、何も言わないまま通そう。

長い睨み合いだと思ったが、実際には一瞬ほどの時間だったかもしれない。

事態が動いたのはアンジェリーナの背後にいたビーナが怯えを見せてその背に縋ってきたときだ。

「奥様……っ」

「おい」

ビーナの震えるような声と、男たちが声をかけて目配せをするのは同時だった。

男たちがマントの下の剣に手をかけたのを見て、アンジェリーナは息を呑んだ。

どうして、こんなところでこんなことに――

ここへ来た迂闊《うかつ》さにアンジェリーナは怒りを覚えた。

町中で、危険などあるはずがないと思い込んでいた自分の馬鹿さ加減に呆れもした。そして子供たちを巻き込んでしまうのではと不安と焦燥に駆られたが、覚悟を決めて口を開く。

「貴方がたが、何をされているのか問いはしません。このまま通り過ぎるのなら、どうぞ道は向こうへ繋がっております。そのまま進んでください」

アンジェリーナの言葉に、男たちは驚いて剣にかけた手を浮かせた。しかし続いたのは一番小さな子供の声だ。

「奥様！　こいつら放っておくの!?　だってどう見ても盗賊だよ！　捕まえないの!?」

言ってしまった！

アンジェリーナは最初にサシュの口を塞ぐべきだったと悔やんだ。

アンジェリーナと子供が二人。鍛えているとわかる男二人に敵うはずもないのはわかりきっている。このまま身を翻《ひるがえ》して逃げてもすぐに捕まってしまうだろう。それなら何も知らないと見逃したほうが賢明だ。子供たちを守るためにも、それが一番だとアンジェリーナが判断したのに、驚いたサシュの言葉に盗賊だと言われた男たちの目配せも早かった。

アンジェリーナは困惑しながらも背後のサシュに首を振る。

「いいの。少し大人しくしていて」

「だって！　奥様侯爵夫人なのに!?　デミオン様ならきっとやっつけてくれるよ!?」

あいにく侯爵じゃないの。

アンジェリーナは行き遅れの子爵令嬢であり、他の貴族令嬢と同じに子女としての作法は身に着けていても、剣を持って戦う術など知らない。

子供にはそれがわからないのだろう。そしてそのまま口にしてしまうあたり、本当に子供なのだ。

愛らしいだけの子供なら良かったのに——

アンジェリーナはサシュの叫びに顔を歪めた。

盗賊と見極められた男たちがもう一度視線を合わせたのを見たからだ。

このまま通り過ぎてくれるのが最良だと思っていた。そしてアンジェリーナに何かあったとしても、アンジェリーナの身分を教えるつもりはなかったのだ。

侯爵夫人という地位であれば、ならず者からすると格好の獲物であることは間違いない。

アンジェリーナは背後を気にしながらも、目の前の二人から視線を外せないでいた。剣から離れない手がどう動くのか、男たちが一歩動く前にこちらが動けるのか、それを判断するために奥歯を噛みしめ、掌を握り込んだ。

そしてドレスの中の足を一歩、ゆっくりと動かす。自分の身体が思った以上に震えて、硬くなっているのに気付いたが気にしている暇はない。

アンジェリーナは手を広げて後ろの二人を庇《かば》うように下げた。

「……そのまま、後ろへ」

小さな声で囁き、そして次の瞬間くるりと翻り、

「走って！」

突き飛ばすように子供たちを明るい路地の向こうへ押し出した。

弾かれたようにアンジェリーナに従い、慌てて路地を駆け出した子供たちに続き、アンジェリーナも走る。こうなってはドレスを着ていることが悔やまれる。

しかしここは路地といっても、ビーナの勤める店の裏だ。すぐそこまで走れば助けを求

められる。平民であっても、大勢いれば二人しかいない盗賊は引くだろう。そしてアンジェリーナの護衛たちもきっと探しているに違いない。助けを求めればすぐに駆け付けてくれるはず。

アンジェリーナは先に走らせた子供の後ろを追って走り、同時に覚悟も決めた。

全員が逃げられると思っていたわけではない。そして、逃れられないのなら、捕まるのは自分であらねばならないと思っていた。

アンジェリーナが考えるより、男たちの動きは速かった。路地から抜け出せない距離で、アンジェリーナは後ろから手を掴まれひとりに抱えられた。そしてもうひとりが、ビーナの細い身体を抱えるのも見えた。

「やめて！　子供は放して！」

「いや――――っ」

ビーナの悲鳴が路地に響く。

その声が向こう側まで届くのをアンジェリーナは願った。

男たちの手は二人分しかなく、ひとりサシュだけはそのまま駆け抜けることができたのは、この状況でたったひとつの救いだったかもしれない。そして悲鳴を上げたビーナの声が途中で塞がれたとき、アンジェリーナの視界は真っ暗になった。

全身から力が抜けていく中で、アンジェリーナはごめんなさい、と最後に謝った。

これはアンジェリーナのせいだ。

侯爵に許可を取らず、勝手に屋敷を出たアンジェリーナが悪い。

制止した護衛を振り切りサシュについていったアンジェリーナが悪い。

子供たちを巻き添えにしてしまったアンジェリーナが悪い。

そしてアンジェリーナのことで、きっと迷惑がかかるだろう侯爵へ、アンジェリーナは謝らずにはいられなかったのだ。

もう、会えないかもしれないけれど。

アンジェリーナは遠くなる意識の中で、侯爵の姿だけを思い浮かべた。

＊

脳裏に浮かぶのは、寝台の上で眠るアンジェリーナだ。

ただ横たわっているだけでも美しい。デミオンは何がそんなに自分を惹《ひ》き付けるのか、もっと知りたくて何度でも手を伸ばしたくなった。そしてまた思うまま続きができると、早馬で帰路を急ぐ間中、頬が緩んでいた。

大事に胸にしまったお土産に、さらに顔がにやける。

喜んでくれるだろうか――

アンジェリーナの好みを本当に知らなかったことを国王夫妻に呆れられもしたが、自分でアンジェリーナに似合うものを選べたと思う。アンジェリーナの髪は赤毛だが、肌は白い。摑むと指が一回りで足りる程細い腕に、華やかな腕輪はよく似合うだろう。そしてそれがデミオンとお揃いなのだ。デミオンはアンジェリーナのものであり、アンジェリーナもデミオンのものという印なのだと思うと、早くこれをつけた姿を見てみたいと気が逸る。

護衛たちも汗だくになりながら遅れずに駆けたその日の夕刻、急ぎ過ぎたかと思いつつも、アンジェリーナが出迎えてくれると期待して門をくぐった。

心が浮つき、名前を呼んでしまいそうになるのを理性で必死に抑えて屋敷に辿り着いたというのに、出迎えたのは家令で、その顔は緊張を漲《みなぎ》らせていた。

付き合いの長い家令だが、こんな顔をするのは珍しい。

「——どうした？」

「奥様が、攫《さら》われたようです」

「——は？」

デミオンは耳に届いた言葉を一瞬理解できず、そして呼吸まで止まった気がした。

頭が回り始めた頃、家令が感情を抑えた声で状況を説明する。

「子供たちを送っていかれるとおっしゃって、荷馬車で町まで向かわれたのですが、そのとき護衛たちとはぐれ針子のビーナという少女と一緒に盗賊に攫われたと。それまで一緒にいたサシュが見たそうです」

「盗賊？　サシュが見ていたのか？　護衛は何をしていた!?」

怒鳴っても仕方ないと思うが感情は収まらない。デミオンが睨みつけると、家令は素直に受け止めた。

「どうやらサシュが手を引いて奥様を路地の奥へ連れて行ったようです。そこで盗賊と鉢《はち》合《あ》わせ、二人いた盗賊が二人を攫った、と」

「サシュが手引きをしたのか？」

「いえ、そうではないようです。サシュが盗賊と言っていましたが、どうやら――」

「最近、領地に入っているものたちか」

デミオンの言葉に家令は頷いた。

隣国から流れてきたものたちがいるのをデミオンは知っていた。荒仕事をしているだけで賊ではないので放っておいたが、こんなことになるのなら早くに捕まえておくべきだったと舌打ちをする。

そしてアンジェリーナの身体に他の男が触れたのかと思うと、目の前が真っ赤になった。

帰ってすぐに玄関ホールで立ち話をしていたデミオンは、ふと視界に入った花器がとても憎らしく思えて、感情のままに手を振り上げた。

ガシャン！

「旦那様！」

活けた花と一緒に花器が崩れ落ちる。同時に家令が声をかけるが、デミオンはこの渦巻く感情を抑えるにはそれだけでは不充分だとわかった。

そして理性が、ここで物に当たっても何も変わりはしないと言っている。

忌々しく宙を睨み、デミオンは踵を返し、もう一度外へ向かった。

「人をやって犯罪者どもが領内のどのアジトに潜んでいるのか調べろ！　このときのために探してあったんだ。絶対に今日のうちに見つけ出す」

「畏まりました。外で奥様の護衛が待っております」

家令はデミオンの命令を皆に伝えるため離れるが、デミオンはそのまま外へ出た。そこには家令が言うようにアンジェリーナの護衛が二人、膝をついて待っていた。

「何をしていた」

「申し訳ございません」

「すべて我らの不徳のいたすところ……」

低いデミオンの声にも言い訳もせず処分を待つ護衛たちを一瞥《いちべつ》して、デミオンはまた舌打ちをする。

ここで彼らを処分したところで、アンジェリーナが戻るわけではないのだ。

それなら捜索に回したほうがいい。人手は多いほどいいのだ。処分は後でもできると、デミオンは表情を失くした顔で目を眇めた。

「私の剣を持て。それからアンジェリーナを探しに行け。処分はそれからだ」

「――はっ」

デミオンの声に護衛たちはすぐに動いた。

その後ろ姿を見送り、そのうちに侍従がデミオンの剣と剣帯を一緒に持ってくる。旅装の上にそのまま装着して、デミオンは屋敷の中で待つ気になれず玄関の外にずっと立っていた。

自分が動いたところで何かが変わるわけではないとわかっている。

臣下が動くのをここで待って情報を集め指示を出すことが大事なのだ。それがわかっているからじっとしているのだが、心は今にも馬に乗って走り出しそうだった。

「――っくそ！」

じっとしていると、頭だけが動く。

こうしている間にも、賊の手によってアンジェリーナがひどい目にあっているかもしれないと思うだけで、そのあたりのものを切り刻んでやりたくなる。

あの髪を乱すのは自分だけだ。

あの白い肌に痕を残せるのは自分だけだ。

艶のある唇から喘ぎ声を吐き出させ、潤んだ目で見上げられるのも自分だけであるべきなのだ。

楽しそうに目を細めた先にいるのは、自分だけ――そう思い始めて、そういえば自分に向けてはっきりと笑ってもらえたことはないと気付く。

そんなこと、と思うのに、そんなことに愕然となる。

子供たちや使用人たちとはよく笑って話をしているが、デミオンにその笑みが向けられたことはない。いつも、デミオンに向けられるのは貴婦人として整えられたような笑みで、あとは寝台の上で煽るように睨む強いもの。

どれも嫌いではないが、他の者に与えられるものが自分にはないと思うだけで、胸が苦しくなる。

どうして——私はこんなにアンジェリーナを想っているというのに。

自分だけが踊らされている気がして、デミオンはひどく不機嫌になっていた。

あの目に映るのは自分だけでいい。

あの目が映すのは自分だけでいいのだ。

アンジェリーナがこの腕に帰って来たなら、もう他のものなど見せてやらないようにしようと昏《くら》い気持ちのまま決めた。

その感情が、デミオンをその場に留まらせる唯一の枷《かせ》だった。

口端がゆっくりと上がっていることに自覚がないまま、デミオンは冷えた視線で沈んでいく陽を見つめていた。

＊

「ばかやろう!!」

「……っ!?」

耳に飛び込んできた怒声に、アンジェリーナは意識を取り戻した。

いったい何事かと身体を竦めて見開いた目を何度も瞬かせ周囲を確かめると、まだ大声が続いている。

「短慮に行動するのは直せと何度も言っているだろう！　よりによって侯爵夫人を攫ってくるとは……！」

「で、でも隊長……」

「でもなんて言い訳は聞きたくない！」

「……っも、申し訳ありません、子供に盗賊だと言われてカッとなり、逃げられそうになったことで咄嗟《とっさ》に……」

「咄嗟で人攫いをする馬鹿がどこにいる！」

どうやらアンジェリーナたちを攫った者が、誰かに怒られているようだ。

誰だろう、と攫われたときの不安は少し拭われて、アンジェリーナは身を捩る様に身体を起こす。アンジェリーナがいたのはほら穴のようだ。雨風を凌《しの》げるようにと掘られたらしく、布が敷かれそこへ寝かされていたようだ。身体の上には誰かのマントらしきものが掛けられている。隣にはまだ目を覚まさないビーナの姿があったが、どこも怪我はなく、ただ眠っているだけに見えてほっとする。

身体を起こすと外がよく見えた。

周囲は森だ。侯爵家へ来る前に得ていた知識で、たしか屋敷より西側の森は隣国に接していて深く、領民も境界線を越えないようあまり近づかない場所だと記憶している。

その中のぽっかりと森が開けた場所で、アンジェリーナたちを攫ったものたちは真ん中に火を熾《おこ》している。

火を囲むように座り、あるいは立っているのは全員男性で、町中でアンジェリーナたちを攫った男たちと同じような姿をしていた。会話の内容からすると、彼らは盗賊ではないようだが、その姿では見間違えられても仕方がないだろう。

でも盗賊じゃないなら何者？

アンジェリーナは隣のビーナを起こさないようにそっと起き上がり、掛けられていたマントをビーナの身体を覆うように掛け直してやると、自分は薄暗い穴から立ち上がった。

アンジェリーナが動いたことに気付いたのは、今怒鳴られている、アンジェリーナを攫った男たちだ。

「あ、彼女が……」

怒鳴っていた男はそれまでアンジェリーナに背を向けていたが、その言葉にすぐ振り返った。そしてアンジェリーナを視界に捉えるなり、大股で駆け寄ったかと思うとその前にいきなり膝をついたのだ。

突進されるかと思いびっくりしたアンジェリーナの前で、片膝をつき頭を下げた男は声を上げた。

「侯爵夫人でいらっしゃいますね？　このたびは部下が失礼いたしました。頭を下げるだけで許されるとは思っておりません。ですが今はすでに闇が深く、ここは森の中ですのでご婦人が歩くには危険です。夜が明ければすぐにお屋敷までお連れいたしますので、どうかもうしばらく……」

凛とした響きの良い声だった。

そしてその言葉使いが、彼らが盗賊であるかもしれないという疑いを払拭《ふっしょく》するものでもあった。

その男に従い、アンジェリーナたちを攫った二人も同じように頭を下げている。

その姿は、盗賊などではなく規律を守る騎士のようだ。

アンジェリーナは黙って口上を聞いていたが、では騎士のような人たちがどうしてここにいるのか、何をしているのか、と違う疑問が湧き上がる。そして口上が確かなら、この男にはアンジェリーナを送り届ける気持ちがあるように思える。が、それが何を意味するのか理解しているのだろうか。

「……私はアンジェリーナ・B・ルーツ侯爵夫人です。貴方は、私を侯爵家の屋敷まで送り届けてくれると言うの？」

「はい」

「私はきっと、攫われたと思われているわ。貴方が私を連れていると、捕らえられてしまうかもしれないわよ？」

「……はい。承知しております」

頷くように顔を伏せた男は、どこか安堵しているようにも思えて、アンジェリーナはさらに訝しんだ。

捕まるということが何を意味するのか、わからないはずはないだろう。アンジェリーナは何かをされたわけではないが、貴族を攫うということだけでも軽い罪ではない。彼らの態度、礼の形からして、この国のものではないようだし、平民でもない。やはり恐らく騎士だったのだ。わかっていながら、アンジェリーナを安全に帰すという意思は変えないようだ。

このまま売られたり辱めを受けた上で殺されたりしてもアンジェリーナには抵抗する術もないというのに、彼らは一歩も近づかない。

アンジェリーナは、自分もまだ混乱しているようだと深く息を吐き、もう一度あたりを見渡した。

周囲には全部で十人ほど男たちがいて、全員が同じようにアンジェリーナに頭を下げている。身なりは汚れているようだが、騎士としての膝をついた姿勢は、慣れていなければずっと維持できるものではない。やはり彼らは、盗賊のように見えるがそうではないのだ。

アンジェリーナはまだ目を覚まさないビーナを気にしながら、緊張したまま気持ちを決めた。

「……わかりました。夜が明ければ、送っていただきましょう。それまで、お話を伺ってもいいかしら」

「話、ですか？」

アンジェリーナの提案は相手には予想外だったらしく、目を瞬いて顔を上げた。

「はい。貴方がたが、ここで何をしているのか。そしてどうしてここにいるのか、その理由をお伺いしなければ」

アンジェリーナは火の傍へ案内され、草の上に布を敷いて席を作られた。そして綺麗ではないがと恐縮されながらも、夜の低い気温から守るために誰かのマントを渡された。たいしたものはありませんが、と差し出されたカップには温かく香ばしいスープが入っていた。この状況では何よりのもてなしだった。

アンジェリーナは精いっぱい気を遣ってくれることにほっとして、彼らの話を聞くことにした。

話し始めたのは隊長と呼ばれる男だ。最初にアンジェリーナに膝をついた人物でもある。

「私はゼフクと申します。姓は捨てたので名前だけになりますが……実は私どもは、隣国サリジアで騎士をしておりました。ご存知かもしれませんが、サリジアは先ごろまで内乱で国中が混乱しておりました。私も一部隊を率いておりましたが、私の上司――支持していた方がその折に敗れ、国としての諍《いさか》いは収まったものの、我々は国から弾き出された格好になりました」

淡々と言葉を紡ぐゼフクという騎士は、それほど年齢を重ねているわけでもなさそうだった。顔には隠しきれない疲労があり、髭や汚れで覆われているものの、年の頃は侯爵と変わらないのではと思うくらいだ。

「内乱は治まったのでしょう？　そこでもう一度騎士として仕えるわけにはいかなかったの？」

アンジェリーナが何気なく口にすると、ゼフクは困ったように笑った。

「それが、新しい団長とはどうしても合わなくて。ここにいる者は、国にも帰るところがないものたちばかりなのですよ」

どんな内乱だったのか、アンジェリーナはまったく知らないことだった。

アンジェリーナが今まで住んでいたのはこの国の東北。隣国に接しているルーツ家の領地から国を横断するほど離れていては、隣国の諍いの噂すら届かない。

「騎士を辞め、国も捨て、傭兵まがいのことや荒仕事などで糊口《ここう》を凌《しの》いでいますが、定住する場所もなくこうして流れているのです」

決して盗賊ではありません、と笑う顔が、本当は笑っているのではないようにアンジェリーナには見えた。

彼らは騎士を辞めたが、まだ心は騎士なのだ。

「いっそ盗人に身を落としたほうが楽だとわかっているのですが……」

「この先はどこへ行くの？」

「さて……流れ者に任せる仕事もあまりないのか、このあたりも居づらくなっておりますので……いや、そもそも、貴女様を送り届ければ、そこで決着が付くかもしれませんね」

乾いた笑みを向けられても、アンジェリーナには笑い返すことなどできない。

彼はこの先の運命を知ってしまって、結末を決めているようだ。

このゼフクという隊長に従っている他の騎士たちも同じ思いなのだろう。行くあてもないと言いながら、騎士の精神を失くさず従っているのだ。ゼフクがどんな男なのか、それだけでわかる気がした。

「仕事があれば……もう騎士には戻らないつもりなの？」

ゼフクは初めて穏やかに笑った。

「穏やかに暮らせるなら、どんな生活でも構いません。ただ、我々は剣を持って仕事をすることしかやっていませんから、力仕事以外を選ぶこともできないでしょうが――」

その途中でゼフクの視線がアンジェリーナの後ろへ動いた。

気付いてアンジェリーナも振り向けば、今目を覚ましたのかビーナがマントに包まったまま身体を起こしていた。

「目を覚ましたの、ビーナ……」

「……なにこれ」

「え？」

呆然とした顔でビーナが呟く。雨風を凌げるようにと掘られた穴から出て来て彼女が見たものは、パチパチと音を立てる焚き火を囲んで騎士とアンジェリーナが座って話している姿だ。

何を驚いているのか、しかし攫われて目を覚ました後に見る光景というのは、どんなものでも驚くし不安になるものだろう。アンジェリーナは自分もそうだったと、少女を安心させるために笑った。

「ビーナ、こちらへ。火の傍にいらっしゃい。そうだ、スープをこの子にも……」

「どうして!? 私、そんなところに行かないわ！」

「落ち着いてビーナ、この状況をちゃんと説明するから」

「いや！ 奥様がどうして……っ信じてたのに！ デミオン様が可哀想！ そんな人だったなんて！」

「……はい？」

誰かのマントを握りしめて、ビーナは怒りと悲しみを混ぜた顔で声を荒げている。美少女はそんな顔も可愛らしいのだなと、アンジェリーナはどこか逃避するようなことを考えて首を傾げた。

ビーナが何を言っているのか、さっぱりわからなかったからだ。

わからなかったのはアンジェリーナだけではなく、周囲のものたちも同様だったらしい。一様に首を傾げているが、ビーナはひとり怒ったままアンジェリーナを睨む。

「奥様が盗賊と通じてたなんて……！ デミオン様にどう言ったらいいの!?」

「通じ……？ 私が、誰と？」

「ちょっとお待ちください、何やら誤解をしているようですが……」

つまり、ビーナは自分たちを攫った相手とアンジェリーナが仲良く話しているのを見て、アンジェリーナが盗賊の仲間だと思い込んでいるらしい。

なんて曲解を……。

しかしビーナは真剣に怒り騒いでいる。騎士を代表してゼフクが間に立とうとするが、警戒したビーナは身体を引いた。

「お嬢様、落ち着いてください。私どもが手荒な真似をしたのは心からお詫び申し上げます。今侯爵夫人へもご説明させていただいていたところです。夜が明ければお送りいたしますので、どうぞこちらへ……」

「うそ！　そんなこと信じられるわけないでしょ！　こんなところにいられない……！」

その装いから平民の娘だとわかっているだろうに、ゼフクはアンジェリーナと同じように騎士としての態度を崩さなかった。が、ビーナには通じなかった。

そのままくるりと踵を返して森の中へ逃げて行こうとしたのだが、暗闇へ入ってしまう前にひとりの騎士が捕らえる。

「いや――っ放して！　放してーっ」

「ちょ、落ち着いて!?　なんで暴れるの!?」

まだ若い男は、腕に抱いた少女がこういうときに暴れることに慣れていないのか戸惑ってしまっている。

同じように起きてきたアンジェリーナがひどく落ち着いていたのに対し、ビーナがあまりにも暴れるので驚いているのだろう。アンジェリーナも本当に盗賊相手なら暴れたかもしれないと思いつつ、恐怖心から暴れるビーナの気持ちもわからないでもないと慌てて駆け寄る。

「ビーナ、落ち着いて。大丈夫なのよ、この人たちは……」

「いやいや！　はなしてーっ」

まさに男の腕に捕らえられていては落ち着くのも難しいだろうが、アンジェリーナが側に寄って代わりに抱きしめようとしたとき、すぐ近くから高い笛のような音が聞こえた。

「……っ」

その音には、アンジェリーナも息を呑むような緊張が走っていた。

ビーナを捕まえたまま困っていた男も、周囲に座っていた男たちも、そして口笛を吹いたであろう本人のゼフクも、鋭い顔付きになり剣呑な目で周囲を探っているようだ。

「な……なぁに？」

突然周囲の雰囲気が変わったことに、ビーナも涙目のまま驚いて暴れるのを一度やめた。

アンジェリーナはそのビーナを男から預かり引き寄せながら、何が起こっているのかわからないまま同じように周囲に気を配る。

そして動いたのは、やはりゼフクだった。

「チッ囲まれた！　火を消せ！」

舌打ちとともに出された指示に、火の傍にいた者が用意してあった土を掛けると、あたりは一瞬で夜の暗闇に包まれる。その瞬間、一本の矢が離れた場所にいた男の背に刺さるのをアンジェリーナは見た。

「――っぅあああっ」

「大丈夫か！」

「騒ぐな！　落ち着け、すぐに――」

明るいときなら飛ばせた矢は、暗くなっては飛ばせないようだ。

痛みに声を上げる男を庇いながら、騎士だった男たちはそれでも統率が取れたように慌てず動く。

アンジェリーナはビーナを抱えたまま、何が起こっているのかわからず動くこともできず、ただ暗闇に目が慣れるまでじっとしていた。

火は消えたものの、この日は月夜だった。

雲が晴れた空から月が現れ、火が消えたことで闇に包まれた場所をもう一度はっきり映してくれる。

うっすらとでも人の判別ができるようになった頃、矢が飛んできた森の中から誰かが現れ、ゼフクに向かって手にしていた剣を振り上げた。

「――侯爵様！」

まるでゆっくり歩いているように見えた。

それはアンジェリーナがじっと見つめて、ここに居るはずがない人がどうしてと、夢でないのかと疑っていたせいかもしれない。子供相手には危ないくらい蕩けた顔をする人が、今は恐ろしいほどの無表情で目の前の男だけを捉えているのに、本当に本人だろうかと不安にもなった。

しかしアンジェリーナの声はその場でよく響いた。

ガキィン、と素早く剣を抜いて刃を合わせたゼフクも、驚いて侯爵を見ている。

「捕らえよ」

低い声だったが、それは侯爵本人のものだった。

その声を合図に、森の中から武装した者たちが一斉に現れその場は戦場となる。

「デミオンさまぁっ」

「駄目よ！」

アンジェリーナの腕の中にいたビーナは、侯爵の姿を見るなり駆け出しそうになったが、侯爵は今、手を広げて迎えられる状態ではない。恐らくアンジェリーナたちを攫った彼らを盗賊として捕まえにきたのだろう。

動いては邪魔になると、アンジェリーナはビーナを強く抱きしめてその場から動かないようにした。

周囲でも、同じように剣を交わしたり摑み合ったりと怒声も響き混乱状態になっていたが、奇襲された側のほうが押され気味なのは人数の差から考えても明らかだった。それほど時間もかからず、アンジェリーナたちを攫った男たちが次々に縄にかけられていくのをアンジェリーナは月の明かりの下で見ていた。

そして一番心配なのは、侯爵本人である。

さすがに部隊を率いるだけあって、ゼフクの腕は悪くない。しかしそのゼフクに反撃する暇を与えず、何度も打ち込み攻めているのは侯爵だ。

「……侯爵様」

机に向かい仕事をしているか、子供に向かい顔を崩しているところしか見ていないアンジェリーナは、目を疑うような侯爵の鋭さに、呆然としてもいた。

騎士に守られるべき貴族の頂点にいるような人なのに、どうしてそんなに強いのか。

しかしその鬼気迫る迫力に、アンジェリーナは言いしれぬ不安も覚えた。

「侯爵様、他のものはすべて取り押さえました」

気付けば争っているのは侯爵たちだけである。ゼフクは捕らえられた部下たちを見て、そしてアンジェリーナにも視線を送り、諦めたような笑みを口端に乗せた。

駄目──

アンジェリーナはその瞬間、理解した。

「駄目ですっ侯爵様！」

侯爵の鋭い剣を受けていたゼフクが、次の一撃を受ける瞬間、抗うのをやめたのだ。

侯爵にもわかったはずなのに、侯爵は勢いを緩めることなくその刃でゼフクを斬り捨てようとする。アンジェリーナはそれが受け入れられなくて、大声を上げていた。

「殺しては駄目です、デミオン様！」

「――――」

ぴくりと無表情だった眉を動かし、侯爵はその剣をゼフクの首の皮の寸前で止めた。

アンジェリーナはそれに安堵しながらも、どこか残念そうなゼフクにやはり、とその意思を理解する。

ゼフクは一番楽なほうへ進もうとしたのだ。仕える相手を失くし、日々を生きるのにも苦労し、安寧《あんねい》の場所などないと諦め、これ以上頑張ることをやめてしまえば一番楽だ。

それは盗賊などに堕ちることより簡単で、責任や柵《しがらみ》からも解放される楽な道だ。

ゼフクはここで死ぬことを選んだのだ。

しかしそれは、アンジェリーナには受け入れられないものだった。聞き届けてくれた侯爵に感謝しながら、誰が悪いのでもなかったこの状況で、誰かが死ぬことだけは駄目だとアンジェリーナは必死になった。

ゼフクから切っ先が離れたのにほっとして、アンジェリーナはまだ無言のままの侯爵へ視線を送る。

「ありがとうございます、デミオン様――」

剣を鞘に収めた侯爵は、まだ表情が暗く動かなかったが、視線はアンジェリーナと重なっていた。

怒っているのか、とアンジェリーナは少し戸惑った。迷惑をかけてしまった、まず何か

ら説明すれば、と考えている間に、腕の中にいたビーナが侯爵へ駆け出して行った。

「デミオン様ぁっ怖かったですー！　本当に、本当に怖かった……！」

「怪我は」

「ありません、デミオン様が助けてくれたからっ」

侯爵は縋りついてくる少女に短く問いかけた。それに対してビーナは泣き顔を輝かせ答えていた。

ビーナは無傷だ。

もともと、彼らは盗賊ではないし、アンジェリーナたちを攫ったのが想定外のことだったのだ。そして夜が明ければちゃんと屋敷に帰れるはずだった。

何が悪かったの……

アンジェリーナは侯爵に縋りつくビーナから視線を外し、周囲を見遣る。

侯爵の剣を逃れたゼフクにも縄がかかっていた。侯爵が引き連れてきていたものたちは多く、十人ほどいた元騎士たちは一ヵ所に集められている。彼らの目は一様に落ちくぼんでいた。隊長であるゼフクが諦めているのだ。もう抗うこともなく、このままここで命を奪われても文句はないような顔をしていた。

元騎士たちを捕らえたものの中には、アンジェリーナの護衛もいた。

「あなたたち……」

「奥様！」

「ご無事で良かった」

　アンジェリーナに安堵する彼らを見て、どれほど心配をかけたのかと落ち込む。ただでさえ侯爵とビーナの姿を見て気持ちが暗くなっているのに、アンジェリーナはこの騒動の発端を考え、誰よりも捕らえられなければならないのは自分のはずだと深く息を吐いた。

「ごめんなさい。私が勝手に離れなければ……」

「いいえ、奥様がご無事でいらっしゃればそれでよいのです」

「奥様、お怪我は？」

「私は大丈夫。そもそも、怪我をすることなんてなにもないの」

　護衛に安心するよう言って、アンジェリーナは心を決めて侯爵のほうを振り返った。その腕に縋るようにビーナが傍にいる。怪我もなくビーナが無事でいることに安堵する。

「侯爵様、今回のこと、すべて私の責任です」

「……なに？」

　侯爵の視線は鋭く、声も低い。

　怒っているのか呆れているのか、どちらにしても良いものではないと思いながら、アンジェリーナは怯まないよう足に力を入れた。

「彼らは盗賊ではないのです。今回のことは、少しの思い違いから、不運が折り重なるように起こってしまっただけなのです」

「だが、この者たちが君を攫ったことは事実だ。サシュがそれを見ている。そのおかげですぐに捜索隊を出せたが」

「はい。攫われましたが、私もビーナも傷ひとつありません。彼らは騎士であり、その精神に疚《やま》しいところなどひとつもありません」

「騎士？」

「はい。彼らには彼らの事情があり、ここにいました。そこへ愚かにも私が飛び込んでしまっただけなのです」

侯爵はまっすぐにアンジェリーナを見つめる。感情というものをどこかに忘れて来てしまったのではという程その顔には何も浮かんでいない。

表情のない侯爵は、怖いくらいだった。

確かに彼らはアンジェリーナとビーナを攫い、侯爵たちに心配をかけたのだろう。しかしその罪を彼らに被せようとはアンジェリーナは思わないし思えない。

アンジェリーナの視界に、侯爵とその腕に縋ったままのビーナが映る。

「侯爵様、護衛たちにも罪咎はございません。勝手に離れた私が悪いのです。ビーナを連れ出したのも私。そもそも、私が勝手にお屋敷を出なければこんなことにはなりませんでした。すべての罪は私が負います。どうか彼らに寛大な処置をお願いします」

ああ、本当に、ビーナが無事で良かった。

アンジェリーナは何故かひどく心が痛み重たくなったが、深く頭を下げる。

「……アンジェリーナ」

「デミオン様、奥様はあの盗賊たちと仲良く話していたんです。私はすごく怖かったのに」

怖がらせたのはゼフクたちも悪いのだろうが、それはここでは言わないで欲しかった。アンジェリーナはどうにか彼らに温情を与えてもらいたいと必死になっているのだが、ビーナには通じないようだ。

甘いと言われても、一度話し、人となりを知った今ではアンジェリーナにはゼフクたちを切り捨てられない。何より、彼らがそれが一番楽な道だと思っているなら、なおのこと避けたかった。

確かにアンジェリーナたちを攫ったことは罪になるが、それなら違うことで償わせたかった。

「アンジェリーナ、君は自分が悪いと言うのか？」

「はい」

侯爵の声に、アンジェリーナは顔を伏せたまま答えた。

正直、顔はもう上げたくない。顔を上げると、侯爵とビーナを見てしまうからだ。

ビーナを妾にしても構わないと思っていたはずなのに、実際に二人が一緒にいるところを見ると何故か心が重くなる。痛いような気もする。それが何なのかわからないが、とりあえず見ないでいたいとアンジェリーナは俯き続けていた。

「すべての罪は自分が負うと？」

「はい」

「――なら、罰を与えよう」

重い声が耳に届いたかと思えば、アンジェリーナの足は地面から浮き上がっていた。

「……!?」

目を見開けば、侯爵はビーナから離れアンジェリーナを腕に抱いている。

「デミオン様っ」

「ビーナを家まで送るように」

もう一度近づこうとするビーナに侯爵は視線を向けることなく、部下に言いつけた。

「はい。……この者たちはいかがいたしましょう？」

「その者たちは、また後で問い質す。屋敷に戻り塔へ入れておけ」

すでに侯爵は歩き始めていて、後ろを見ることなく言い放ち、そのまま離れた場所に繋いでいた馬へアンジェリーナを乗せその後ろに自分も跨《また》がった。

「侯爵様、ビーナは……」

「ビーナは護衛たちが送り届ける」

「……侯爵様は？」

アンジェリーナを前に乗せながらも、器用に手綱を操る侯爵に、アンジェリーナはいったいこの状況は何だろうと混乱し始めていた。

アンジェリーナではなく、ビーナを送っていくものだと思っていたのに。

しかし視界に二人が並んでいるところが見えなくなったおかげで、少し心が落ち着いているのも確かだ。

これは何だろうと胸を押さえながら侯爵の様子を窺い、アンジェリーナは後悔した。

やはり、侯爵は怒っているようだ。

「私はこれから君に罰を与える」

口端を上げ、うっすらと微笑んだ侯爵は、月明かりの下で恐ろしいほど綺麗だった。

アンジェリーナはこれから、自分の身に何が起こるのか不安と恐怖で馬に揺られるまま震えているしかなかった。

五章

まったくこんなときに限って名前を呼ぶとは。

デミオンはアンジェリーナに踊らされているように思えてならなかった。

強行軍で護衛たちにまた無理をさせると思いながらも、帰ればゆっくり休ませてやるからと急ぎ王都から領地へ戻った。

それもこれも、アンジェリーナの傍にいたいと思ったからなのに。

もっと顔を見たい。もっと声を聞きたい。もっと傍にいたい。

アンジェリーナが好きなのだと自覚してから、デミオンは自分の想いがすべてアンジェリーナに向かっているようにも思えた。

アンジェリーナにも同じように思ってもらいたい。

そのためには、もっと一緒にいなければ、と馬を速めて帰ったはずなのに、アンジェリーナは攫われ、見つけてみれば誘拐犯を助けろと言う。

これほどデミオンを動揺させ恐怖に陥《おとし》れたというのに、本人にまったくその自覚はないようだ。

デミオンが冷静に動けるのは感情を押し殺しているからだ。それを発散させるには、あの男たちの息の根を止めてしまうのが早いと思っていたのに、アンジェリーナはそれを止める。こんなときに限って名前を呼ぶのは、いったいどんな魂胆があるのか。

それだけで操れると思っているのかと嘲笑《ちょうしょう》したのは、自分に向かってだ。

まさにデミオンは操られている。

そしてすべての罪を自分が負うというアンジェリーナの意志の強さに、眩しい気持ちを覚えながらも、庇われる男が憎くて仕方がない。

こんなにも想っているのに、アンジェリーナはその半分もデミオンのことを考えていないのだろう。デミオンの心臓を止めてしまうほど心配をかけたことなど、もう二度と会えないかもしれないという恐怖に襲われたことなど、アンジェリーナはまったく考えていないのだ。それがさらにデミオンの機嫌を下降させる。

子供たちや護衛たちのこと、アンジェリーナたちを連れ去った誘拐犯たちのことまで考えているというのに、その中にデミオンのことだけが入っていないと思うと、いっそ苦しめてやりたいと思うくらいだ。

あまりにも好きになり過ぎると、憎らしくなるものだと、デミオンは初めての感情を持て余してもいた。

そして罪を負うというのなら、その身体に思い知らせてやりたいと、アンジェリーナを自分の寝室へ連れ込んだ。

「侯爵様……？」

ついさっきは名前で呼んだというのに、それをすっかり忘れたように呼び方が戻っているアンジェリーナを寝台に下ろし、不機嫌なまま自分の服を脱いだ。

「あの、罰を受けるのでは……」

「受けてもらう。これからその身体に」

「え……っ」

顔を赤らめて恥じらう姿は、初めて身体を重ねたときから変わらない。

もう何度もその身体を抱いたというのに、押し倒すといつも戸惑っているアンジェリーナに眉を寄せる。以前はそれも初々しいと思っていたのに、今はそれが抵抗の表れようでデミオンの感情が乱れた。

「あの……あの、申し訳ありません。ビーナやサシュを、危ない目に遭わせました。でも、無事に怪我もなく戻って来られましたし……」

「君はそればかりだな」

「え？」

アンジェリーナはずっと子供たちのことばかりを考える。まるで夫であるデミオンのことなどこの屋敷の付属品にしか思っていないようだ。

　デミオンは確かに子供たちが好きだが、それしか考えていないように思われるのも腹が立つ。おもちゃさえ与えていればご機嫌になる子供のように扱われている気がして、デミオンの視線は鋭くなった。

「ビーナやサシュが無事なのは見てわかる。では君は？」

「私？」

「あの盗賊と親しくなったようだが、何があった」

「ゼフクたちは盗賊ではありません」

「他の男の名前を呼ぶな！」

「……っ」

　自分で思うより大きな声が出た。

　怒鳴るつもりはなかった。しかしアンジェリーナはその迫力におされて寝台の上で小さく縮こまるように震えた。

　こんな風に怯えさせたかったわけではない。

　それでも、デミオンの沸騰した怒りは収まらなかった。誰にでも、子供にすら平等なアンジェリーナが誰かを庇うのはいつものことだ。だが今は、アンジェリーナの気持ちを考える余裕がない。

　アンジェリーナは美しい。

　姿絵で見た五歳の頃は、何をしても許してしまえるだろうと思うほど可愛らしかったが、成長した姿は腹が立つほど綺麗だと思った。

光に透かすと金色に見える赤い髪も、少し目尻の垂《た》れた色気のある目も、こちらを誘っているようにふっくらとした唇も。そして両手に余るほどの胸や、すっかり摑んでしまえそうな細い腰、魅惑的な足の形。アンジェリーナはすべてが綺麗で、一目見ただけで男を魅了するほど官能的だ。

そう思うのがデミオンだけではないことは最初から知っていた。目を離すと他の誰かにすぐ奪われてしまいそうな不安がデミオンを襲う。

だから王都にだって行きたくなかった。抱き潰してしばらく起き上がれなくしてしまったのも、自分のいない間に少しでも人目に触れさせないようにするためだ。

しかしそれも無駄だったのかもしれない。どうあっても、アンジェリーナは常に誰かの視線に留まり、誘惑している。

怒っているはずのデミオンを煽るように。

「侯爵さ……」

もう他人行儀な呼び名を彼女の口から聞きたくないとデミオンは唇を塞いだ。

名前を呼ぶより、デミオンを欲して欲しかった。それができないのなら、自分が傷をつけて泣かせたいとデミオンは嗜虐的な気持ちを溢れさせた。

「ん……っは、ぁ」

重なった唇はすぐに潤《うるお》う。苦しかったのか、アンジェリーナの目元はキスだけで潤んだ。

その顔はデミオンを誘っているのだろうといつも思っていたが、いっそ誰も誘えないようにしてしまいたいとデミオンは自分の脱いだ服の中から箱を取り出した。

綺麗な包装を破くように剝いで、中身を取り出す。アンジェリーナは、いきなり何をしているのかと、不安そうな顔のままデミオンの動きを追っている。

デミオンは二人のために買った土産を取り出したのだ。

腕輪は普通の金属の輪ではない。大小の宝石が散りばめられ、金具の彫り物も、それだけで目を奪われるようなものだ。男性用の大きなものを女性用の小さな輪に通し絡め、寝台の上のアンジェリーナの両腕に嵌めた。両腕にひとつずつだ。

まさかこんな使い方をされるとは、王妃も想像していなかっただろう。

「あの……っ？」

輪が絡んでいて、手を自由に動かすことはできないだろう。

驚いたアンジェリーナを見つめながら、それでもこのままではまだ動けると、脱いでいた自分のシャツをその重なる手に結び、端を引いて天蓋《てんがい》の支柱に括《くく》りつけた。

「侯爵様……！」

これでもうどこにも行けないだろう。デミオンがそれに満足していると、アンジェリーナは、寝台の上で腕を頭上に上げた不自由な格好のまま怯えた顔をしていた。

その顔と、通常でないアンジェリーナの姿を見て、デミオンはようやく笑った。

アンジェリーナは自分のものだと悦《よろこ》んだのだ。

アンジェリーナが身体を震わせたのにも気付いていたが、デミオンはそれに構わず美しい身体を隠すドレスに手をかける。

「こ、侯爵様っ侯爵様、待って、どうして、や――……っ」

「この状態で待つものがいるか」

顔を精いっぱい背けて避けようとしても、逃げられるはずがない。デミオンはその背中に手を入れてコルセットを外そうとしたが、袖があったりいろんなところが面倒だと気付いて、自分の脱いだ服と一緒に放っておいた剣を手に取り鞘から抜いた。

アンジェリーナの息を呑む音が聞こえるようだったが、デミオンは器用にそのドレスだけを切っ先に掛けそのまま下へと下ろす。

「いや――……」

掠れたような悲鳴だったが、確かにアンジェリーナは涙を零していた。

「新しいドレスはまた買ってやる」

両袖も引き裂き、アンジェリーナの身体を隠すものをすべて奪って、デミオンはこんなときでも相変わらず視線を奪い続ける胸に顔を埋めた。

「……っ」

手に収まらない大きな乳房を両手で掴み、思うまま柔らかさを堪能しその頂を銜《くわ》え込み舌でしゃぶり、白い肌の上に多くの痕を残していると、アンジェリーナのすすり泣くような声が聞こえた。

デミオンのしていることに、抵抗もできず耐えている姿は憐れなものだ。

しかし、今のデミオンはそれすら煩わしかった。

泣き声も奪ってしまおうとその唇を吸い、音を立てて深く何度も漁った。

「ん……っん、ん……」

アンジェリーナは耳も弱い。

指の腹で耳の薄い部分をなぞると、それだけで腰に響くのはもうデミオンも知っている。

何度もキスを重ね、耳から首筋、また胸へと手を滑らせていると、アンジェリーナの声が違う意味で泣いているようになった。

それに満足して口を解放すると、目を潤ませたアンジェリーナがまっすぐにデミオンを見上げている。

「て……て、を、手を……」

「駄目だ」

拘束を解いて欲しいと言うのだろう。

しかし簡単に外すつもりはなかった。これは罰だ。それを受けると言ったのはアンジェリーナ本人なのだから、きっちりと受けてもらうつもりだった。

この罰なら、一生続けていても構わない。それも楽しいだろうとデミオンは目を細めて、不安に目を揺らすアンジェリーナの身体に思うまま手を伸ばした。

＊

「ん、は、あ……っあぁっ」

アンジェリーナは侯爵の寝台で裸で乱れ、何度も達しながら苦しさに顔を歪めていた。

侯爵の寝台は広い。ひとりでは何度寝返りをうっても大丈夫な広さの場所を、侯爵はずっとひとりで使ってきたのだろうか。侯爵は背が高く、肩幅も広い大柄な男性だから広い寝台が必要なのかもしれない。でもひとりで寝るにはやはり広い気がする。

そんなどうでもいいことを考えているのは、何かで気を紛らわせていなければもっと泣いてしまいそうだからだ。

侯爵は大きく、頭も良い。個人としても領主としても周りから信頼されているのはすでにアンジェリーナも知っているし、信頼している。まだ犯罪に走っていないのなら、子供を好きでいるくらいはこの先子供ができたときのためにも良いことだろう。

そして、侯爵は騎士並みに剣の腕があることを知った。

元騎士であるゼフクと対峙したとき、相手が本気で侯爵と斬り合うつもりがなかったとしても、真剣に受け止めなければならないほど侯爵の攻撃は鋭いものだった。

荒事の素人であるアンジェリーナでもそう思うのだから、かなりのものだろう。しかし驚いていたのはアンジェリーナだけで、いつも侯爵についている従者も護衛もそれが当然であるかのような態度だった。同じように助けられたビーナも、すごいと目を輝かせていたが、当たり前のように受けとめていた。

幼い子に興味を示す嗜好は、侯爵の最大の秘密だったのかもしれないが、それ以外にもアンジェリーナが知らないことがあるはずだ。

アンジェリーナは、いったいあといくつそれを知らされるのだろう。

そして、それがどんなことでも、自分が知るのはきっと最後になる。

アンジェリーナは怒りを隠さず表情も硬いままの侯爵に屋敷に連れ戻されながら、ひとり落ち込んでいた。それでもアンジェリーナが文句を言えるはずはない。どうして教えてくれないのかと問い詰めても、きっと知らないほうがおかしいのだ。

何故ならこの領地に来たのは、アンジェリーナが最後だからだ。

だからビーナを無傷で助け出したというのに、まだ怒ったままの侯爵の気持ちがわからないのだ。

もちろん罰を与えると言っているのだから、笑いながらではできないことだろう。一瞬の安堵も見せない侯爵が、何を考えているのかまったくわからずアンジェリーナは目を伏せ顔を背ける。

侯爵にまた違う趣味があると知らないのは、やはり自分だけなのだろうかとアンジェリーナは落ち込んだのだ。

侯爵は自分の寝台にアンジェリーナを連れてくると、目を奪われるほどに豪奢な輪を取り出し、それでアンジェリーナの手を拘束した。頭上で纏められた手が動かないように、天蓋に括り付けられもした。

逃げることなど考えてもいないのに、ドレスを脱がす時間さえ惜しんで剣で引き裂かれたのだ。また買ってくれると言われても安心などできない。

煌めく剣の先を向けられたことにも恐怖を覚えたが、表情もなくアンジェリーナの服を裂いた侯爵にこそ不安を覚えた。その先が、そのままアンジェリーナの身体を傷つけるのではと思ってしまうほど、侯爵の顔に感情が見えなかったからだ。

そしてアンジェリーナを屈辱的に裸にした後で見せた笑顔は、それまで見たことがないほど美しく、アンジェリーナの顔を青くさせるには充分なほど怖いものだった。

それから侯爵はアンジェリーナを乱れさせた。

手で、口で、舌で、自由に動けない分、アンジェリーナはいつもより気持ちが昂るのが早かった。

まさかこんなことを喜ぶ自分がいるなど信じたくなくて、必死に耐えようとするのに、侯爵の手管に慣れた身体はアンジェリーナの意思をあっさりと裏切り熱を溢れさせて侯爵の誘いを受けるのだ。

いつもよりも早く侯爵自身に貫かれ、勢いのまま揺さぶられ声を上げたが、繋がったときに自分の手が侯爵に触れられないことがとてももどかしい。侯爵が息を荒くして達するとき、その白濁をわざわざ外に出してしまったのにも動揺した。

今まで、そんなことは一度もなかったからだ。

何があったのかわからず不安な目を侯爵に向けると、鋭さを増したような侯爵の視線に貫かれた。

「この身体をあの男たちにも見せたのか」

「そんな――」

「触れさせたのか。どこに？　どれほど？」

「……っそんなこと、していません！」

ひどい侮辱だ。

なんてことを言うのだろうとアンジェリーナは悲しくなるほど怒りを覚えた。

この身体に触れるのは、侯爵しかいないのに。こんなにもアンジェリーナを乱れさせるのは侯爵だけだというのに。

そもそも彼らは騎士を辞めても心は騎士のままだった。あのまま侯爵が来なくても翌朝には屋敷に帰れただろうと今でも思っている。

仕えるべき相手をなくした騎士というのは、きっとアンジェリーナが想像するより辛いものなのだろう。それがわかるから、アンジェリーナは彼らをこれ以上傷つけることはできなかった。

これはいったいなんの罰だ。

確かに、屋敷の人々や侯爵に心配をかけた。それはアンジェリーナの配慮に欠ける勝手な行動の結果で、自分のせいだとわかっているし、子供たちや護衛、そしてゼフクたちに罪を押し付けるより、自分が罰を受けたほうがましだと思っている。その罰がこれだというのなら、確かにアンジェリーナの心に衝撃を与えるには効率が良いものだった。

侯爵に信じてもらえず、疑われて苛まれ続けることが、アンジェリーナにとっては一番辛いものだと初めて気付いた。

「本当に？」

「彼らを侮辱するのはやめてください！」

「他の男の話をするな！」

話を振ったのは侯爵なのに。

アンジェリーナは傲慢な侯爵に、涙を溜めて睨みつけることしかできなかった。

言うなと言われれば、口をつぐむしかない。しかし怒るなとは言われていない。それだけしか表現できないのだから仕方がない。

そしてその怒りのほとんどは、悲しみでできているとアンジェリーナはわかっていた。

侯爵は不機嫌さを隠しもしない顔でアンジェリーナを睨み返し、舌打ちする。

「……服に隠されていたって、この胸を見れば誰だって吸い付きたくなるだろう」

アンジェリーナに胸があるのは女性だからであってアンジェリーナのせいではない。それが駄目だと言われても、切り取ってしまえとでも言うのだろうか。そうしたら、侯爵は満足するのだろうか。寝台の上で、胸を隠すこともできないアンジェリーナは唇を噛んで耐えた。しかし侯爵の目は離れない。

忌々しそうに見ているのに、決して視線は外れない。

もしかして、吸い付きたくなるのは――

「……侯爵様、も？」

躊躇いながら、アンジェリーナは思わず訊いた。誰だって吸い付きたくなるのなら、それは侯爵自身も入っているのだろうか。それなら、アンジェリーナも嫌なわけではない。

この身体に触れていいのは侯爵だけで、恥ずかしいと思いながらも、侯爵なら触れて欲しいと思うのだから。

しかし侯爵の反応は激しかった。

「……っそうやって！　私を惑わせて楽しいのか！」

盛大に顔を顰めて、アンジェリーナを罵りながら胸にむしゃぶりついてきた。

「んやっ侯爵、さま……っいた、い！」

胸の上を、肌の上を噛みつかれていくつもの痕を残されて、それでもアンジェリーナは本気で抗いたいわけではない。

子供をつくるという行為が、アンジェリーナが侯爵家に嫁いできた一番の理由であり最大の仕事でもある。

何より、この行為が気持ちいいと思ってしまっている。アンジェリーナがいつも恥じらうのは、愛撫を受けるだけで感じて、もっと欲しいと身体が喜び濡れているのを実感するからだ。

いつか、侯爵の子供を産む。

それがアンジェリーナの楽しみでもあり、幸せにもなると思い始めていた。

だから侯爵が望むのであれば、昼間だろうと執務室であろうとその腕に抱かれた。

だというのに、屋敷に帰るなりこの寝台に押し付けられてから、アンジェリーナは身体が震えるほど感じていても、心が満たされることはなかった。

どれほど時間が経ったのかはわからないが、涙が零れるのは快楽のせいか心の痛みのせいか、わからなくなっていた。

もうやめてと何度も願ったのは、身体が疲れているせいではない。侯爵の愛撫が、ただアンジェリーナを責めるだけで本当に抱かれてはいないとわかるからだ。

「ほら、またこんなに溢れている……私が中で出していないんだ。全部君のものだ」

「ん、あ……っあぁあぁっ、や、もう、やー……っ」

寝台の上に座る侯爵に背中から抱きとめられ、腰から回る手がアンジェリーナの秘所を弄り、襞の奥から溢れる体液を掻き出している。

何度目かの絶頂を迎えた後、侯爵はシャツの拘束だけを解いた。それはアンジェリーナのためではなく、思うまま体位を変えられないからだと気付くのはすぐだった。そのことにも悲しくなってアンジェリーナは目に膜《まく》が張るのを止められない。

こんなにも簡単に泣いてしまえるようになるとは、アンジェリーナはもう自分の制御が利かないことを理解していた。自分の腕を絡めるふたつの輪は、どうかしたら自分でも取れそうな拘束だったが、それを取る力はもうない。ぼんやりとした視界で、こんなにも豪奢な枷は見たことがないと思った。

身体は疲労を訴え、支えがなければシーツの上に崩れ落ちてしまいそうなのに、侯爵の強い腕はそれを許さない。片腕で胸を押さえ、もう片方は濡れる襞を苛める。

「いやあぁぁっ」

「またイったのか」

侯爵の声は耳に直接触れ、それすらアンジェリーナの身体を震わせる。

アンジェリーナの一番敏感な芯をとらえ、強く刺激しながらまるで嘲笑《あざわら》うような声にアンジェリーナはまた涙が零れた。

侯爵様のせいなのに……。

何度も指を使い、時には舌まで這わせてアンジェリーナを追い上げながら、侯爵は自分で言うようにアンジェリーナの中で果てることをしなかった。

時々アンジェリーナの中に自分の性器を埋め、激しく急き立てるが、それは侯爵自身を使ってアンジェリーナを責めるのが目的で、アンジェリーナの中を侯爵が濡らすことはない。

こんなことは初めてで、アンジェリーナは最初は信じられず、何を考えているのかと侯爵の様子を窺ったが、答えが返ってくることはなかった。

子供が欲しいと言ったのに。

そのためにしているのではなかったのだろうか。

侯爵がアンジェリーナの中で果てないこの行為に、いったい何の意味があるのだろう。

「ん……っこう、しゃくさ……んっ」

呼び止めようとすると唇はいつも塞がれる。

長い夜が明けて、朝になっても侯爵はアンジェリーナを放さなかった。意識をなくして次に目を覚ましても、侯爵が傍にいて、もう一度乱れるだけの愛撫の中に引きずり込まれる。

何度もそれを繰り返しているうちに、アンジェリーナはやはりこれは罰なのだと理解した。

身体よりも、心がひどく苦しい。

侯爵はもっとも効果的な罰をよく知っていると、アンジェリーナは何度目かの暗くなっていく意識の中で感じていた。

＊

どれほど強くアンジェリーナを拘束しても、逃げられないように閉じ込めてみても、その姿に満足するのは一瞬で、すぐに気持ちがまた荒ぶる。

気を失うように眠ったアンジェリーナの隣で浅い眠りにつくだけで、すぐに目が覚めて

しまう。

体力の限界まで付き合わせているのだ。そして自由のないアンジェリーナは、いつもより消耗が激しいのだろう。

侍女に水差しと濡れたタオルを用意させながらも、この部屋にはデミオンの他に誰ひとりとして入れない。

寝室に籠もってしまった主夫婦を心配して、侍女が食べやすいものを用意してくれるが、アンジェリーナが口にするのはその中のほんの少しだ。食べる体力もないのだろう。

口移しで水を与え、温かなスープもデミオンの手で飲ませる。

抵抗する力もなく、ぼんやりとされるままになっているアンジェリーナに、デミオンはまた気持ちがざわつき、自分に意識を向けさせようとアンジェリーナを抱き続けるのだ。

アンジェリーナの中で果てるのが一番気持ちいいことは自分でもわかっている。アンジェリーナがそれを望んでいることも知っている。だからこそ、デミオンは自分を律してアンジェリーナの外を、肌の上を自分のもので汚し続けた。

汚れた身体を自分で清め、また汚す。それを繰り返してみて、汚れた身体にどこか安堵している自分はおかしいのかもしれないと思った。しかしそれでもデミオンは自分が止められなかった。

汚されたアンジェリーナは、自分の買った腕輪で拘束されているよりも、自分のものになった気がするからだ。

時間の経過がデミオン自身にも曖昧になった頃、それでもまだ苛々する心が治まらないのは、アンジェリーナのせいだけではないとデミオンは部屋の外のことを考えた。

そこでようやく、アンジェリーナを苛むだけで、他の誰にも処分を下してないことを思い出したのだ。

子供たちも護衛も、自分を攫った誘拐犯すら咎めるなと言ったアンジェリーナはある意味正しいのかもしれない。しかしデミオンの気持ちが、それで治まることはないのだ。

深く眠りについたアンジェリーナを確かめた後、デミオンは久しぶりに扉の外へ向かった。


「彼らは言われたように、塔の中へ閉じ込めてあります。一応手当はいたしましたので、命にかかわるものはいないかと」

久しぶりに出て来たというのに、いつもの態度と変わらない家令の言葉を聞いて、デミオンは不機嫌なままの顔を崩さず、服装を整えただけでそのまま庭へ回った。

部屋を出るときに持っていた愛用の剣を、家令が手を差し出し受け取ろうとする。

「私がお持ちいたします」

「…………」

剣帯をしていないので手に持っているだけだが、これでいきなり斬り付けるとでも思ったのだろうか。

確かに斬り付けない保証はないと自分にもわかっているから、しぶしぶと家令に預ける。いつも整えられている庭は、今日は静かだ。

アンジェリーナが攫われた日から、子供たちを来させないようにしていた。この先も、もう子供たちを集めることはないかもしれないと考えながら静かな庭を突っ切り、屋敷の北東部、裏庭にある塔に向かった。

見上げるほど大きな石造りの塔は、ゆるやかな円錐状になっていて最上階は五階の展望台兼見張り台のみだ。

木で造られた両開きの扉を開けると、上へ行く階段と下へ行く階段がある。デミオンは迷わず下へ向かった。半地下の場所が、いわゆる犯罪者を留めおく石牢だからだ。

外壁に面した壁から明かりをとる窓がいくつかあるが、半地下の床へ下りるとその窓も高く、室内をすべて見渡せる明るさを確保しているとは言いがたい。家令があらかじめ用意していた燭台《しょくだい》に火を灯す。

その中にぼんやりと現れたのは、鉄格子《てつごうし》の向こうに詰め込まれた盗賊たちだ。

アンジェリーナに言わせると、盗賊ではないということになるが、誘拐犯であることは間違いない。

「……狭いな」

傷を受けて寝ているものを除けば、大の男が十人ほど詰め込まれているのだ。全員座っていられるだけの広さしかなかった。もともと、これほど多くのものを捕らえるための場所ではない。

　呟いたものの、デミオンはじゃあどうするかなど考えてはいない。

　手当をして、食事も用意し、雨風を凌げる場所を用意しているだけでも犯罪者相手では整い過ぎている。

　半地下の中は無音だったが、デミオンが現れると一番格子に近い場所にいた男が狭い中で頭を下げた。アンジェリーナがゼフクと呼ぶ、この者たちの首領だろう。

　デミオンは殺すつもりで下ろした剣を受け止められたことに驚いたので、その顔もよく覚えていた。助けに行ったとき、アンジェリーナの近くで話していた男だ。それだけで切り刻まれてもおかしくないはずだ。

「言い分があるなら聞こう」

　頭を下げたまま、何も言わない相手に対し、デミオンのほうが先に口を開いた。

　しかしゼフクは小さく首を振る。

「何も。我々が、侯爵夫人を攫ったことは事実。どのような処分もお受けいたします」

「…………」

　面白くない。

　デミオンは、目を眇めた。

　奥のほうはもっと薄暗く、人の顔の判別も難しい。あの月夜のほうが明るかったほどだ。

しかしゼフクを含め、他の男たちも同じようにただじっと待っているだけだ。

ひとりくらい命乞いをしてみればいいのに、と苛立ちを抱えたまま考える。

そうすれば、思いあがるなと剣が取れるというのに。

アンジェリーナといい、この男たちといい、どうして最近会うものたちはデミオンの苛立ちを増幅させるものばかりなのか。この領地はデミオンのものであり、デミオン以上の存在などいるはずもないのに、誰も彼もデミオンを苛立たせる。

その苛立ちの理由を、残った理性の部分が「わかっているだろうに」と諭しているが、デミオンはまだ不機嫌でいたいのだ。

「私の妻を攫った罪は重い。ひとりひとりの家族を同じように攫い同じ気持ちを味わわせたいが、お前たちはその家族もいないのだったな。ならばひとりずつ手足を切り落とし、いつまで命がもつのか試してみるか。それとも首を斬った後でどれほど血が流れるのか確かめてもいい」

「旦那様」

「そういえばお前たちは元々隣国の騎士だったな。犯罪者として向こうへ送りつけてやるのもいいが……ああ、お互い斬り合わせて生き残ったものに罪を負わせるのも面白い」

「だ、ん、な、さ、ま」

「うるさいファリノス。今考えているんだから最後まで言わせろ」

淡々とした声で思いつくまま話していると、背後から燭台《しょくだい》と剣を持った家令が声を上げる。

「面白いですか？」

「面白くない」

格子の向こうの男たちは、デミオンの言葉を聞いて動揺し、肩を震わせたりしているものの、まったく異論の声を上げない。ゼフクにあっては表情も変えないほどだ。

「ここでいっそ全員首を刎《は》ねてしまえば早いか」

「旦那様がお断りになるんですか？　全員？」

「他のものを呼ぶより早い」

「彼らが処刑されたと知ったら、奥様がしょんぼりなさいますね」

「黙っていればいい」

しょんぼりってなんだ。

デミオンは笑顔のアンジェリーナを思い浮かべるのに苦労するのに、その様子ははっきり想像できて顔を顰めた。

「隠し通すことは難しいと思いますが」

「どうしてだ」

「私が話しますから」

それまでこの男たちをどうやって斬ってしまおうかと半分本気で考えていたのに、話に割り込みあっさりと答える家令のほうを振り返り、強く睨む。

この距離で主である侯爵に睨まれても平気なものは、この屋敷でも家令くらいだ。はっきりと怒りを見せたというのにまったく通じないのは、虚しさを感じる。

本当に忌々しい家令だと舌打ちをする。

「どうしてお前が家令なんだ？」

「どうしてでございましょうねぇ」

のんびりと返事をする家令をもう相手にしていられないと、デミオンは鉄格子の向こうを見る。ぽかんとしたような間抜けな顔が揃って見上げていることに、本当にどうしてこんなことをしなければならないのかと不機嫌なまま口を開いた。

「アンジェリーナを攫った経緯を話せ」

「それは……」

「いいか。誇張も端折《はしょ》ることも許さん。あったままをすべて話すように」

本当に忌々しい限りであるが、デミオンは侯爵としての教育を施されてきた。

自分の感情のままに振る舞ってしまいたいのに、それは許されないと理性が延々と囁き続ける。それがわかっているから、デミオンはずっと不機嫌なのだ。

この者たちをすべて、本当に屠《ほふ》ってしまえたら。アンジェリーナをあのまま閉じ込めていられたら。

デミオンはきっとすっきりするだろう。アンジェリーナを手に入れたと昏い悦びにも浸れるだろう。

しかし家令に言われるまでもなく、この男たちを処分したらアンジェリーナは本当に悲しむだろう。それでもデミオンが決めたことならと受け入れるかもしれないが、デミオンが向けられたことのない笑顔はもう一生向けてもらえないかもしれない。

そう思うとさらに感情が乱れる。

自分の領地で、自分の妻と自分の家臣と、犯罪者を前にしてもなお、何ひとつ自分の思うようにならないことが、デミオンが不機嫌になる理由だった。

親から引き継いだだけで、なりたくて侯爵になったわけでもないのに。すでに道が決められていたから今があるだけなのに。

デミオンはせめてそんな自分の人生で、楽しいものを見て喜びを感じていたいと思うだけだ。

それが愛らしい子供たちであり、最近ではアンジェリーナになる。

それさえ手の中にあるのなら、侯爵の仕事も文句も言わずやり遂げることができる。

その想いを邪魔されたデミオンは、言いよどむゼフクを急かした。

さっさと話せと上から見下ろすと、一度躊躇ったものの、ゼフクは素直に話し始めた。

町中の路地でアンジェリーナと出くわし、子供に盗賊と言われてカッとなった部下の過ち、それから気を失ったアンジェリーナが目覚めて、デミオンたちが助けに来るまでのことをだ。

ゼフクの話は簡潔で、要点をついていてわかりやすい。

国を捨てた騎士だと言うが、本来なら身分が高いか多くの部下を率いていた者かもしれない。それが流れ者になってしまっているのだから、戦争は起こすものじゃないなとデミオンは他人事のように考え、裁決を待ちじっとしているゼフクたちを見下ろし目を細めた。

そして何も言わず、くるりと踵を返し、背後にいた家令を追い越し外へと足を向けた。

「出してあげないのですか？」

家令がデミオンの考えなど知り尽くしているような声を上げるが、デミオンは顰め面でそれを睨み返す。

「アンジーを攫ったんだぞ。もうしばらく暗い中に押し込めておけ！」

「本当に旦那様は甘くていらっしゃいますねぇ」

「お前が言うな！」

デミオンに剣を渡すつもりなどない家令の言葉に腹を立てながら、自分の甘さも自覚している分一層怒りが湧き上がる。

「私の旦那様は本当に公正なお方でお仕えしがいがあります」

自分の決断に腹が立つし、さっさと暗い場所から出て行きたいと、足を速め塔から出たところで、後ろをついてくる家令の一言にまた顔を顰める。

公正でいたいなどと思ったことはない。

ただ、公正であれと教えられただけだ。

家令に褒められたとしてもまったく嬉しくないと顔を顰めたまま、また庭を突っ切る。

この気持ちはまたアンジェリーナにぶつけてしまおうと屋敷に向かったところで、表門のほうから屋敷を伝い庭を小走りに駆けてくる少女に気付いた。

金色の髪をなびかせて走るのは、針子になったというビーナだ。

アンジェリーナと一緒に攫われ、怖い思いをした少女はしばらく落ち着くまで家から出なかったはずだが、今はとても元気に笑ってデミオンの傍までやって来る。

「デミオン様！」

「ビーナ、もう体調はいいのかい？」

デミオンの質問に嬉しそうな顔をする少女は、もう大丈夫なのだろう。ビーナはそのとおり頷き、

「はい！　お仕事にもう戻りました！　デミオン様にお知らせしたかったから、私がお使いに来たんです。頼まれていた布をお持ちしました！」

言われて、そういえば切り裂いたドレスの代わりを仕立てろと侍女に言ったことを思い出した。残骸となったドレスを渡すと、侍女は奇妙な顔をしていたが、デミオンは気にしないでいた。

しかしデミオンに会えた嬉しさを隠さない少女に、何か既視感を覚えてデミオンはひそかに首を傾げる。

「デミオン様、私、もう元気になったんです。ご心配をおかけしました」

すぐに触れそうな距離まで近づくビーナに、デミオンは遠くなった記憶を思い出し、気

付いた。ビーナは、社交界に出始めた頃に、デミオンに近づいてきた女たちと同じ顔になっているのだ。

狙っているのは侯爵の恩恵か妻の座か。

そのあからさまなものにうんざりとして、デミオンは社交界という華やかな場所から遠のき、王都にも行かなくなったのだ。

いつの間にこんなことになったのか。

出会ったのは、この屋敷を遊び場にと町の子供たちを誘い始めた頃で、まだ確かに少女だったのに今やビーナは、すっかり女になっていた。

さっきまで苛々していた気持ちの中に、空洞ができてしまったような気持ちだった。

そこにどんよりとした空気が通るのを吐き出したくてデミオンは視線を上げて溜め息を吐こうとすると、その視線の先に人影が映った。

一瞬だったが、見間違うことなどない。

あの二階の窓はデミオンの部屋であるし、この屋敷の中でシーツで身体を隠した赤毛の女性などアンジェリーナ以外にいるはずがないのだ。

あんな格好で――

服を取り上げたのはデミオンだが、まさかシーツを纏っただけで窓辺に近づくとは考えもしなかった。気付くとデミオンはビーナを置いて走り出していた。背中にデミオンを呼ぶ声が聞こえたが、そんなことに構ってはいられない。

やはり、天蓋の柱に拘束したままにするんだったとデミオンは思い出したように顔を顰めて自室へと向かったのだ。

＊

アンジェリーナが目を覚ますと、珍しく侯爵が傍にいなかった。

気だるい身体を起こすと、寝台は綺麗なシーツに代えられていて、汚れた身体も清められているが、アンジェリーナは何ひとつ身を隠すものを身に着けていなかった。

唯一身に着けていたのは、手を拘束するために使われた腕輪だ。

よく確かめると本物の宝石が散りばめられていて、金具に施された意匠も目を瞠るほどだ。細い輪と太い輪が重なって右腕に嵌まっている。ずしりと重く感じたのは、アンジェリーナの力がなくなっているせいというだけではないはずだ。

本当に豪華な枷……

よく見れば片手で外せるようになっていて、アンジェリーナは一瞬躊躇ったがそれを外した。シーツに落ちた腕輪はその重みで沈む。侯爵の受け入れがたい気持ちもそこに加わっているようで、アンジェリーナは外したくなったのだ。

腕が軽くなり、その枷から逃れられたはずなのに、まだアンジェリーナの気持ちが重いままなのはその腕に残った痣だ。拘束された腕で、自由になりたくて何度も力を込めた。

そのおかげで赤い線のように腕に痣が残っている。

それを擦って、アンジェリーナは裸のままの身体をシーツで覆う。

夜着やガウンを探しても、周囲にはない。侯爵の寝室であることは変わりなく、この部屋には大きな寝台と明かりを取り込むのに充分大きな窓、そして侯爵の執務室へと続く扉があるだけだ。

その扉が控えめにノックされて、侍女の声が聞こえた。

「失礼します。奥様……？」

アンジェリーナが起きているのを確かめるためだったのか、窺うようなものだったが、アンジェリーナは身体を隠しながら入室を許可した。ワゴンを押して入ってきた侍女はアンジェリーナの姿にホッとしたようだ。

「良かった、お目覚めですね。ご気分はいかがですか？」

いいはずがない。

いったいどのくらいこの部屋に、寝台に押し込められているのかアンジェリーナはわからないくらいなのだ。戸惑いと怒りの混ざった複雑な顔をするアンジェリーナに、侍女は理解しているのか気にしないように笑ってワゴンを寝台に寄せる。

「お腹がお空きかもと思って、料理長に食べやすいものを作ってもらいました。何かちゃんと召し上がらなければ、奥様が参ってしまいますからね」

確かにお腹が空いているような気もするが、身体がだるくて何かを食べたいとも思わない。

　しかし、意識を取り戻すたびに、時々侯爵に何かを飲まされたり食べさせられたりしたような記憶もある。それが何なのかは覚えていないが、侯爵もアンジェリーナを飢えさせるつもりはなかったのだろう。

　侍女が器に温かな湯気の上るリゾットのようなものを用意しているのを見て、アンジェリーナはそれよりも、と口を開いた。

「あの……それよりも、何か着るものを用意してくれる？　私、今……」

　何も着ていないの、と告げるより先に、侍女が申し訳なさそうな顔になった。

「なに？」

「……申し訳ありません。旦那様のご命令で、ドレスのご用意はするなと……」

「ドレスじゃなくてもいいの。ガウンでも、夜着、下着も……駄目なの？」

　言っている途中で、さらに顔色を悪くする侍女にアンジェリーナは肩を落とした。

　いったい何の理由があってアンジェリーナを裸で放置するのか。子供好きだけではなく、違う趣味が出てきたのだろうか。

　それならばこの先ちょっと生活が難しいとアンジェリーナは顔を歪める。

　シーツで身体を隠したアンジェリーナに、侍女は小さなトレイに水と食事を用意して寝台に置いた。アンジェリーナはとりあえずその水をもらい、息を吐く。

「侯爵様は……どこへ行かれたの？」

その問いかけには、近くにいないのならこっそり服を持ってきて欲しいという願いがあったからだが、侍女は首を振った。

「今はご用があって表に出られております。そろそろ奥様がお目覚めになるだろうから、と私を遣わせてくださって。少しでも奥様のお顔を見られて安心いたしました。やはりおやつれになられてますが……どうぞ召し上がってください」

「ずっと私はここにいたけれど……確かに侯爵様以外を見ていないわ。もしかして、ずっと侯爵様が私のことを？」

「はい。奥様のお世話を、他の誰にもさせるつもりはないとおっしゃって……ファリノス様たちと、何度も奥様に会わせてくださいとお願いしていたんですが」

そのとおりなら、アンジェリーナが意識をなくしていたときすら、侯爵がアンジェリーナの世話をしていたことになる。本当に他の誰にも会わせないなど、どれほど信用されていないのかとアンジェリーナはもう一度深く息を吐いた。

何も乗っていないはずなのに細い肩に重みを感じて、視界に映る腕輪も原因かもしれないと侍女に渡した。

「どこかへ……片づけておいてくれる？」

「はい。これは……旦那様からの？」

「さあ、よくわからないの」

それに拘束されていましたなどとアンジェリーナに言えるはずがない。

見ると記憶もあやふやなここ数日のことを思い出してしまいそうで、アンジェリーナは自分から離しておきたかった。

アンジェリーナに確かな日数は覚えていられないが、この寝台に入ってから何度も抱かれる間に、他の男と何かあったのかと疑われているようなことを訊かれた。

そんなことがあるはずがない。

しかし侯爵はアンジェリーナを攫った男たちだけではなく、護衛のものたちや使用人の庭師まで疑う始末だ。アンジェリーナはどれほど信用を失くしたのか、疑う侯爵に怒りを覚えながらもショックで落ち込んでいた。

「奥様、冷めないうちに、どうぞ」

侍女に促されて、食べなければ明日にも動けなくなるだろうと、アンジェリーナはスプーンを手に取った。

一口食べると、薄味のリゾットは美味しかった。アンジェリーナの好みに合わせて作ってくれているのだ。料理長の気遣いが窺える。

侯爵の信用を失くし、嫌われているのではと思うほど何度も責められ、そして子種をもらえることもないアンジェリーナは、いったいここに何の意味をもって居続けるのか、堪らなくなるほど心が苦しくなった。

「奥様……奥様、大丈夫です。もう少しすれば、旦那様も落ち着かれると思いますから」

慌てたように侍女に慰められて、アンジェリーナは自分が泣いていることに気付いた。

頬を伝う涙を拭いながら、アンジェリーナは情けないと自分を叱咤し、頷いた。

「ええ……いいの。離縁されたりするのでなければ、これは私の罰なのだから受け入れなければ」

自分で言っておきながら、離縁という言葉にお腹がすうっと冷たくなった。今飲み込んだはずの温かいリゾットも一瞬で凍ったかのようだ。

触れることを厭われたわけではないから、まだそこまで嫌われていないはずだ。

そもそも、子供をつくるには妻が必要なはずだ。

でも、子供をつくるだけなら、他の女性にもできる。それこそ、あの愛らしいビーナにも——

アンジェリーナは自分の思考がどんどん暗くなっているのに気付き、それを追い出すように頭を振って心配そうに見つめる侍女に顔を上げ、話を変えた。

「私のことは、いいの。それより、彼らはどうしているのかしら？　捕らえられてひどい扱いを受けたりは……」

アンジェリーナを攫った元騎士たちの罰も代わりに受けると言ったが、アンジェリーナがここから動けない以上それを確かめるすべはない。

しかしそれまで心配そうにしていた侍女は、その言葉に顔を顰めた。

「まあ、彼らはまだ処分が決まらないまま塔に捕らえておりますけど、ちゃんと食事も持って行っているし、処罰されたりもしていません。ですが！」

良かった、とその報告に安堵したアンジェリーナに、侍女はさらに目を吊り上げた。

「奥様も奥様です！」

「え？」

侍女はアンジェリーナに怒っているようだ。

珍しいこともあるものだとアンジェリーナは目を瞬かせる。

「護衛を振り切って町に出るなど！　攫われてしまったと報告を受けた私たちがどれほど心配いたしたことか！　旦那様のお気持ちも一緒です！　それなのに奥様は盗賊たちを庇ったりなさって！」

「彼らは盗賊じゃないのよ？」

「そんなことは関係ないのです！　奥様を攫ったことに違いはありませんし、私たちがどれだけ心配したのかご理解いただけないし！」

「あ……っご、ごめんなさい」

心配をかけたのは確かだ。

アンジェリーナはそれをまだ謝ってもいない。侯爵へ罰を受けると言ったが、それでも彼らへの謝罪はまた別の話だ。

アンジェリーナが軽率な行動を取ったことはそれほど周囲に影響を与えていたのだ。

「申し訳なかったわ……この格好じゃみんなにも会えないけれど、私が謝っていたことを伝えてくれる？」

「私たちのことはいいんです。でも奥様は、旦那様の奥様というだけではなく、私たちの主人にもなったということ、大事な方だと私たちが思っていることを、ご理解ください」

その主人に強く言い過ぎたと思っているのか、侍女が申し訳なさそうに謝るのに、アンジェリーナは心が熱くなった。

まだ会って間もない彼女らに、そうまで言ってもらえることが嬉しい。

彼女らに今以上に心配をかけないよう、アンジェリーナはこの先気を付けることを約束した。

人の気持ちを傷つけていたことに、アンジェリーナは初めて気付き、それで侯爵は怒っているのかもしれないとようやく思い至った。

まだ許されないのは、アンジェリーナがそれに気付かなかったせいかもしれない。

だとすれば、ちゃんと謝らなければ――

アンジェリーナは多くはないが用意された食事を食べ終え、侍女に侯爵がここへ来るかどうかを訊いた。

「旦那様はお仕事が片づくとすぐ来られると思いますが……奥様？　わかっておられます？」

「ええ。ちゃんと謝るつもりよ」

「いえ……そうではなく。旦那様のお気持ちも、ですが」

何かを疑うような侍女に、アンジェリーナは首を傾げた。

「……まさか旦那様に、盗賊たちのこととか、子供たちのことを訊いたり、しませんよね？」

彼らは盗賊ではないと言っているのに、侍女はそのあたりはどうでもいいようだ。

しかしどういう質問なのか、アンジェリーナは理解できなかった。それはもうすでに訊いてしまっていることだからだ。

なにしろここのところ、会って話せるのは侯爵だけなのだ。侯爵に訊かなければ答えはわからない。そしていつも、侯爵は機嫌の悪さを態度に出し、答えないままアンジェリーナを苛み始める。

「なにか……おかしいかしら？」

何もなかったとはいえ、攫われて怖い思いをしたビーナが大丈夫だったのかは心配だし、あれ以来会っていないサシュも、いつも屋敷へ遊びに来る子供たちも元気だろうかと心配する。侍女に、ゼフクたちも危害を加えられていないと伝えられたが、どうなっているか心配しないでいられるはずがないのだ。

しかし侍女は、深く息を吐いて肩を落とした。

「奥様……旦那様のお気持ちをお考えください。そんなことでは、いつまで経ってもこのお部屋から出ることはかないません」

「え？　どうして？」

「それは――」

「リリー、何かありましたか」

説明しようとした侍女の言葉に被さり、扉の向こうから他の侍女の声が響いた。

「奥様、あまり長くいられないんです。申し訳ありませんが……とにかく、旦那様が奥様を想っていらっしゃること、これを第一にお考えください」

侍女は珍しく慌ててトレイを片づけ、ワゴンに乗せて寝室を出ていった。

残されたアンジェリーナは、寝台に座ったままそれを見送り、どういう意味なのか頭をぐるぐると回していた。

侯爵の想い？　侯爵が想っている？

侍女の言葉は、あまり悪いようなものではなかった。つまり、嫌われていないのだろう。今も怒ってはいるようだが、それは心配の裏返しだとも思えば、アンジェリーナは侯爵に想われていることになる。

今更そんなことに気付いて、アンジェリーナは寝台の上で顔が熱くなった。

「…………ッ」

きっと耳まで赤いはずだ。

侯爵の心配に気付かず、アンジェリーナがそれを気遣うこともなかったのが嫌だったのだろうか。侯爵よりも子供たちや他の者たちのことを考えたせいで、侯爵は怒ったのだろうか。

そう思い始めると、アンジェリーナは落ち着かなくなった。

さっきまで暗く沈みそうだった思考が、今度は浮かれたことしか考えられなくなる。

嬉しい――

アンジェリーナは自分の気持ちを理解したが、そんなことを思ってしまったことに戸惑った。これではまるで、自分が侯爵を好きみたいだ。

「好きとか……」

声に出して、アンジェリーナはさらに顔が赤くなった。

あの侯爵が。

仕事は真面目だがどこかずれている侯爵が。幼い子供たちに異常な愛情を示す侯爵が。子供が欲しいとアンジェリーナを抱き続ける侯爵が。妻への罰として寝台に拘束する侯爵が。

貴族の結婚に、好きだとか嫌いだとかの感情はあまり関係のないものだった。

アンジェリーナも、侯爵のことを知らず――本当に知らないまま、結婚したのだ。侯爵だってアンジェリーナのことをよく知らなかったはずだ。

ただ、アンジェリーナの両親も親に相手を薦められて結婚したが、一緒にいるうちに愛情が芽生えて、子供のアンジェリーナが見ていても仲の良い夫婦ではあった。同じように、これまでの時間で侯爵を見ているうちに、アンジェリーナも侯爵を好きになってしまっていたのだろうか。

あの侯爵を。

このところは機嫌のよくない顔ばかりだが、仕事をしているときは真面目で、幼い子を見ると整った顔が崩れるほどにやける顔をする侯爵を。

どこが良いというの——

アンジェリーナは落ち着かなくなって、シーツを身体に巻いたまま寝台から下りる。

そして寝室をうろうろとして、カーテンの引かれたままの窓を見た。

昼の明るい光を透過しているカーテンの向こうは、きっと晴れていて庭には子供がいつものように駆け回っているのだろう。

愛らしい子供たちを見れば、このざわついた気持ちも落ち着くかも、とアンジェリーナはそっとカーテンを開いて外を見下ろした。

二階にある侯爵の寝室は、転落防止用に柵が窓の外にあるが、ガラスは綺麗に磨かれていて庭が一望できる。広い庭には誰の姿もなく、しばらくきょろきょろと顔を振ったが、次に視界に入ってきたものにアンジェリーナの顔が強張った。

侯爵が庭にいた。

子供たちと暇さえあれば一緒に遊んでいる侯爵だ。庭にいることはおかしいことではない。しかし、向かい合って話していたのは、見間違えようもない少女だった。

幼い姿ではなく、金色の髪をなびかせて、綺麗に成長したビーナがそこにいたのだ。

何を話しているの何があったのどうして二人でいるの。

アンジェリーナはついさっきまでの気持ちなどどこかへ吹き飛んで、強張った顔と同じように感情も固まり心に不穏なものが渦巻いた。

確かに、ビーナを妾にするのは構わないと言ったのはアンジェリーナだ。侯爵が望むのであれば、侯爵夫人となったとはいえアンジェリーナが何かを言える立場ではない。

平民と侯爵が結婚できるはずもないように、子爵として何かに秀でるものがあったわけではない父の娘で、行き遅れもいいところのアンジェリーナが侯爵家に嫁ぐこともおかしな話だったのだ。

ビーナに自分から言ったはずなのに、今はこんなにも感情が揺らぐ。二人でいるところを見るのが、こんなにも辛い。

正妻と妾は同じ屋敷では暮らせないというのは本当だとアンジェリーナはつくづく実感した。

アンジェリーナがもう見ていられないとカーテンを直すとき、庭にいた侯爵が不意に顔を上げた。ちょうど隠れるところだったアンジェリーナと視線が合った気がした。

まさかね――

二階から庭までは距離もある。アンジェリーナはちらりと覗いていただけだ。見えたはずはないと窓から下がり、裸であることを持てあまし、どこにも行けるはずがないのにとまた寝台に下がった。

その寝室の扉が開いたのは、深く溜め息を吐いたときだ。

「……!?」

ノックもなくこの部屋に入ってこられるのはこの屋敷でひとりしかいない。

侯爵本人だった。見間違えようもなく、ついさっき庭にいたはずの相手だ。いったい何をどうしたらこんなに素早く動けるのか、アンジェリーナは目を丸くして勢いよく入ってきた姿を見たが、侯爵はまた機嫌の悪さを隠さない顔だった。

アンジェリーナはさっき、もう一度謝らなければと思っていたことも思い出したが、その顔を見て口をつぐむ。

「何をしている」

「……なにも」

問わなくても、この格好で何かができるはずがないのは侯爵がよくわかっているはずだ。しかしその答えが気に入らなかったのか、不機嫌なまま侯爵はさらに声を荒げた。

「そんな格好で窓に近づき、他の者に見せたかったのか」

そんなはずがない。

顔を赤らめ、身体に巻いたシーツをしっかり握りしめてアンジェリーナは強く答えた。

「侯爵様が、こんな格好になさったのでしょう」

嫌なら服を与えればいいのだ。

「なにを……」

「私は行くところもないのです。逃げたりいたしませんからどうぞお仕事をなさって、子供たちとも気が済むまで遊んでいらしてください」

ずいぶん突っぱねた言い方になってしまった。

自分でもそう思うのだから、侯爵にはもっと強く聞こえたはずだ。こんなことを言いたかったわけではないのにと心の中で後悔しているのに、口から先はアンジェリーナの意思など関係ないようだ。

「逃げたいのか」

「逃げません」

何を聞いていたのか、逃げるところなどないというのに。

アンジェリーナはもう帰る場所がない。実家はもう弟が継ぎ、その妻がいる。その中に小姑が居座るわけにはいかないのだ。子爵領地から、その屋敷からほとんど出たことのなかったアンジェリーナだ。どこかへ行けと言われても行く先も思いつかない。

妾を受け入れず離縁されるよりは受け入れたほうがましだ。

そう思うのに、なかなか感情は落ち着いてくれない。

「ビーナとお話しされていたのでしょう。もっとお話ししてくればいいのです」

「……何故？」

本当にどうして、と侯爵が顔を歪めたので、アンジェリーナはそんなこともわからないのかと同じように眉根を寄せ、顔を背けた。

「ビーナは喜んで愛妾になるそうです。結婚はできませんけれど、侯爵様と一緒にいられるなら愛妾でも構わないそうです」

「愛妾？」

そんなことを訊き返さなくても意味はわかるはずだ。

「いったい何をどうしたらあの子供と私がそんな風になるのか、想像もできないんだが」

「……子供って……ビーナは十六、七でしょう。もう結婚してもおかしくない年です」

二十五まで結婚しなかったアンジェリーナのほうがおかしいのだ。

「私からしたら子供にしか見えない」

年の差で言えばそうかもしれないが、四十を過ぎて二十ほど年下の相手と結婚することも珍しいことではない。

そもそも、あれだけ子供に執着するほどの愛情を見せつけておいて、子供だから結婚しないという侯爵の思考がわからない。

アンジェリーナの眇めた視線に思うところがあったのか、侯爵は呆れた顔で言い返す。

「くだらないことを」

くだらない!?

侯爵のために考えていることをそんな言葉で一蹴されて、アンジェリーナもカッとなる。

拒絶された思いがして、アンジェリーナは怒るのと同じだけ悲しんだ。

侯爵が好きなのに。

どうしてそれが伝わらないのか。どうしたらそれが伝えられるのか。

アンジェリーナはもどかしさも加わり、この気持ちをうまく言葉にできなくて口を何度も開こうとするが、近づいた侯爵から深い息を吐き出されて怒りだけが増えた気がした。

こんなに侯爵のことだけを考えているのに、侯爵はアンジェリーナの気持ちをどうでもいいように扱い、子供を産むための存在でしかないような態度を見せる。

そしてこの部屋での数日は、その子供を産むための行為ですらなかった。

こんなにも人に対して怒りを覚えたことはない。

それをぶつけてしまいたいという衝動に駆られて、アンジェリーナは侯爵を見上げると、何をしたいのかと顔を顰めた視線と重なった。

負けるものかと睨みつけ、シーツを纏った身体で寝台から立ち上がり口を開いた瞬間、アンジェリーナは背中から頭まで一気に冷えたような気分に襲われた。

「アンジー!?」

侯爵の顔が慌てているように見えたのは願望だろうか。それを境にアンジェリーナの視界は真っ暗になり意識も途切れた。

六章

アンジェリーナが意識を取り戻したとき、部屋が変わっていた。

そこは侯爵の寝室ではなく、夫婦のために用意された寝室だった。

アンジェリーナが目を開けたとき、寝台の側で控えていたのは医師だった。その後ろに侯爵が気遣わしげな顔でアンジェリーナを見下ろしている。侍女たちも部屋へ入って控えているようだ。何があったのかわからないまま、アンジェリーナは医師に脈を測られ問われるままいくつかの質問に答え、そして頷かれたのだ。

曰《いわ》く、「ご懐妊《かいにん》です」と。

驚愕に目を見開いたのはアンジェリーナだけだった。その言葉を聞いた侯爵も侍女たちも、喜びに目を輝かせていたのだから。

まだ気持ち悪さが胸に残り、それも相まって顔を顰める。

考えてみれば、結婚してから毎晩のように抱き合っていれば、子供ができるのもおかしな話ではない。

家令はすべて知っていましたというような涼しい顔で、淡々と告げた。

「あれほど連日盛《さか》っておられたのです。できないほうがおかしい。発情期の猫でもあれほど熱心にはいたしません」

相変わらず主を主人として敬っていない家令だが、アンジェリーナには実感があるだけに何も言えなかった。責められるべき主、侯爵本人はといえば、家令のそんな言葉は今更なのか綺麗に受け流している。

いや、そもそも頭に入っていないのかもしれない。

アンジェリーナの顔とお腹を何度も往復して眺めては、満足そうに頷いている。

そうしてアンジェリーナがこれから子供を産むまで、最良の環境で過ごさせることを家令をはじめ使用人全員に伝え、自らもそれを実行するようだった。

すごい張り切りよう……

アンジェリーナ自身でさえ、まだ妊娠したという自覚がほとんどないのに。侯爵がどれほど子供を望んでいたのか、改めて思い知らされる。

それでも、少なくとも嫌われているわけではないし、望まれている子供がここにいる。

アンジェリーナは少し前に自覚したばかりの自分の気持ちにもまだ戸惑っていたが、侯爵の喜びに溢れた姿を見て同じように自分も嬉しくなっていることに気付いた。

夫婦って、こうやってなっていくものかしら……

アンジェリーナはまだ変化のないお腹に手を当て、顔を綻ばせた。

＊

なんだって私がそんなことをしてやらなければならないんだ？

デミオンは自分の意見のほうが間違っていないと断言できる。

だというのに、アンジェリーナはデミオンの子供をお腹に宿したまま、デミオンの神経を逆なでするようなことを口にする。デミオンの気持ちをまるでわかっていないかのようだ。

アンジェリーナが顔を真っ青にして意識を失くしたとき、どれほどデミオンが狼狽えたのかわかっていない。もしかして数日閉じ込めてしまったせいかと、あれほど後悔したことはないというのに。

これほど想っているのに、まだアンジェリーナはデミオンのことがわかっていないのだ。

アンジェリーナを攫った者たちが、本当に盗賊だったかどうかなど問題ではない。アンジェリーナを攫ったことが問題なのだ。

なのにアンジェリーナは彼らをまだ塔に閉じ込めていると知ったとたんに解放するよう要求する。彼らに手荒くされて、もしかしたら子供を失っていたかもしれないというのに、アンジェリーナは自分の言っていることが間違っていないとデミオンを見上げた。

「彼らは安定した場所を探しているだけです。騎士である彼らのことは、少し話せば侯爵様もわかるはず……それにゼフクたちはもう騎士でなくてもいいと言っているし。侯爵様、南の治水工事に人手が要るとおっしゃっていたでしょう？」

それに彼らを向かわせろと言うのか。

デミオンは少し話しただけの領地のことをアンジェリーナが覚えているのにも驚いたが、元騎士たちをそこに使おうとするのにも驚いた。

確かに、騎士であったものたちなら他への指示の仕方も知っているだろうし、体力もある。寄せ集めの人夫を纏めるのにも良い人材だ。それを理解して言っているアンジェリーナの慧眼《けいがん》に感服するが、それとデミオンの気持ちはまた別のものだ。

デミオンも冷静な部分でゼフクたちの処分を考えていたが、アンジェリーナから言われると素直になれない。

アンジェリーナはまたもとに戻っている。彼らのことは名前で呼ぶくせに、デミオンはやはり侯爵のままなのだ。どうしてそんなに頑なにデミオンに対してだけ線を引くのか。

デミオンの返事を待って、じっとソファに座るアンジェリーナはそのお腹に手を当てていた。

まだ何も目立たない身体だが、これまで以上にアンジェリーナの身体には気を遣うようにしている。アンジェリーナ本人も、妊娠を自覚して大人しくしていたようだが、医師が適度な運動は必要だと促すとまた前のように動き出した。

そして塔に入れたまま放置していた男たちに気付いたのだが、アンジェリーナは今は子供の心配だけをしていればいいのだ。それか、夫であるデミオンのことを考えていればいい。

デミオンは苛々としたものを抱えながら、眉を寄せたまま不安そうな顔のアンジェリーナを見た。そして情けなくも深く溜め息を吐いた。

まったくどうかしている——

アンジェリーナの機嫌を取るためだけに、自分の感情を抑えなければならないとは。

「……わかった。彼らを塔から出し、南へ向かわせる準備をする」

「……ありがとうございます！」

デミオンは諦めを身体中に纏わせながら、一瞬で顔を綻ばせたアンジェリーナに振り回されていることを自覚した。

この顔を見るためなら、どんなことでもやってしまいそうな自分に気付いたからだ。

想像していたアンジェリーナの笑顔を、こんなに簡単に見られるようになるとは先日までは思ってもいなかった。そしてその笑顔が、想像より遥かにデミオンの気持ちを高揚させ、つまり嬉しくさせるなど、予想外でもあった。

アンジェリーナに対して簡単に一喜一憂しているようで、デミオンは複雑な気持ちを抱え込む。舌打ちをどうにか抑えて、デミオンはソファに座るアンジェリーナの前に屈みこみ、目を瞬かせた彼女の唇に触れた。

「……侯爵様？」

「なんだ」

「どうしてこんなことを」

「妻にキスをして何が悪い」

「……別に私でなくても」

ついさっきまで笑顔だったというのに、急に表情を曇らせるアンジェリーナの気持ちがデミオンには本当にわからなかった。

そしてデミオンと視線を合わせまいと俯き顔を背ける。

そうまでしてデミオンから離れようとする意味がわからず、デミオンも顔を顰めその隣にどっかりと座り込む。隣に座ったというのに、アンジェリーナは顔を背けたままだ。

「…………」

「…………」

気まずい沈黙が続き、デミオンはさらに苛ついた。

ゼフクたちのことを話すときはあんなに笑顔だったのに、デミオンがただキスをしただけで機嫌が悪くなる。これでは本当にあの男たちと何かあったのではと疑ってしまう。

いや、もう疑っていた。

やはりあの男たちに温情など温《ぬる》過ぎたのだ。今からでも遅くない。剣を取っていっそアンジェリーナの前で切り刻んでやろうかと昏い気持ちに駆られたとき、向こうを向いたままのアンジェリーナが小さな声で呟いた。

「……せっかく、ビーナがいるのですから」

「どこにビーナがいるんだ」

このデミオンたちの部屋に今いるのは二人だけだ。侍女も、いつも横から口出しをしてくる家令もいない。

アンジェリーナは知っているでしょうにと肩を怒らせて声を硬くした。

「仕立ての仕事で来ているようです。私はここで休んでいますし、どうぞお好きなだけ遊んできてはいかがですか」

「…………」

いったい何を言い出したのか、デミオンには意味がわからなかった。

そもそも仕事に来ているのなら、デミオンと遊ぶ暇などないはずだ。

そういえば前も愛妾などとよくわからないことを言っていたのを思い出し、もしかしてデミオンが本当に子供を愛妾にするとでも思っているのかと顔を顰める。

そこに、アンジェリーナが強張った声ではっきりと言った。

「……侯爵様が、ビーナをお好きなことはわかっております」

「そんなまさか」

咄嗟に答えたが、それが事実だ。

いったいどうしたらそんな疑いを持つのか、デミオンにはさっぱり理解できなかった。

デミオンが否定したことに驚いたのか、アンジェリーナが背けた顔を振り向かせた。そしてデミオンと視線が合うなり、その頬を紅潮させ慌ててまた顔を背ける。

「……アンジー」

「…………」

アンジェリーナから答えはなかった。

返事をして欲しくて呼んだわけでもない。ただ、呼ばずにはいられなくなったのだ。

情けないが、顔が緩んでいるだろうことは自覚がある。この顔を見られなくて良かったと、顔を背けられていてホッとした。しかし離れていることなどできなくて、華奢な肩に手を回し胸の中に引き寄せる。

「アンジー」

「…………！」

耳元で囁くと、反応が顕著に返ってくる。

アンジェリーナは本当に耳が弱いようだ。微かな吐息にすら、びくりと反応するのだ。

それがまた、デミオンの頬を緩ませる。

「参ったな……君はビーナに妬《や》いているのか？」

「妬いてなどいません！」

真っ赤な顔で、慌ててデミオンから離れるように手を突っぱね始めたが、その顔で、その態度で妬いていないなどと、いくら女性の感情に疎いデミオンでも気付かないはずがない。

アンジェリーナの気持ちに気付くと、その行動も理解できる。

アンジェリーナが二階からデミオンを見下ろしていた後、デミオンが部屋に戻ったときに機嫌が悪かったのはデミオンが拘束していたせいかとも思っていたのだが、答えを知れば簡単だ。

あのとき、一緒にいたのもビーナだったのだ。

アンジェリーナの気持ちが自分に向いていないなどと不安になり、迷い、落ち込み、さらに苛ついていたのが嘘のように晴れた。

このところ心の中にずっと残っていた蟠《わだかま》りのような靄《もや》が晴れたようだ。

当てつけに、処分を決めたゼフクたちにも嫌みを言い続けていたが、それもどうでもよくなった。

子供ができたとわかったとき以上に、デミオンは心が躍っていた。

この気持ちを、表さないでいられるはずがない。

「こ、侯爵様？　私は妬いてなどいませんからね……？」

その顔で、何を言ってももう無理だった。

必死に否定してみせようとするアンジェリーナは可愛いと思ったし、愛らしい唇を塞がないでもいられなかった。

「んん……っ」

奪うように、深いキスをしながらデミオンは笑みを深くした。

きっとこの先も、デミオンはアンジェリーナに振り回されるのだろうと思うとおかしくなるほどだった。

＊

侯爵はそれからご機嫌なことを隠しもしなかった。

始終笑顔でいるし、アンジェリーナのことはどんなことでも自分でしたがるし、今ならどんな願いも聞き入れそうだった。

アンジェリーナが攫われるということがあってから、子供たちにはしばらく屋敷へ来ることをやめさせていたのだが、子供たちとの触れ合いはアンジェリーナの癒やしにもなると医者が言うと、すぐに子供たちを呼び集めた。

ゼフクたちもあれから解放され、侯爵と話し合い領地の南へ、治水工事を引き受けるために向かうことになったようだ。

しばらく打ち合わせなどで屋敷に滞在することになっても、もう塔に押し込めたりはしない。

そんなに子供が嬉しいの――

侯爵の喜びを最初は嬉しいと思っていたものの、あまりに喜び過ぎていてアンジェリーナ本人は少し落ち着いてしまったほどだ。

無理もないけど。

アンジェリーナは溜め息を吐く。まだあまり大きくないお腹を撫で、大丈夫だろうかという不安が残っている。ビーナを好きなのかもと、侯爵の気持ちを疑ったりしているわけではもうないのだが、手放しで喜べるものとはまた違う。

庭に散歩に行こうとして、それを侯爵に告げようと執務室に向かっていると、いつの間にか家令が傍に来ていた。

「ご夫婦の仲がよろしいことは喜ばしいですね」

家令に真面目に言われると、諌められているのかどうなのか判断ができないが、呆れられているような気もする。しかし仕事中の侯爵は、アンジェリーナが何かをするときに一言告げておかないと落ち着かなくなると言ったのは家令だ。

もともと子供が欲しいと侯爵は何度も言っていた。夢が現実になったと浮かれる侯爵だが、アンジェリーナはそれを見ていると不安になってくる。

「どうされました？」

執務室の前で足を止めてしまっていたアンジェリーナに、家令が入らないのかと窺う。

アンジェリーナが躊躇ったのは、中から何か声が聞こえるからだ。

そっと、気付かれないように扉を少しだけ開くと、侯爵がいた。ひとりだったが、壁に向かって何やら夢中になっている。

その壁には、一枚の絵が掛かっていた。

それは幼い、五歳の頃に描かれたアンジェリーナだ。

「……ああ、本当に愛らしい。この小さな手、細い脚、輝く目。すべて食べてしまいたいくらいだ……本当にこの子が動くところを早く見たい。抱き上げて、一生放してやりたくない。ああ、放すものか」

「…………」

「…………」

アンジェリーナと家令は、何を言うこともなくまたそっと扉を閉めた。

侯爵の顔はうっとりと、恍惚としていて、まるで女神を崇拝する信者のようだ。

アンジェリーナはあの顔をよく知っていた。この屋敷で、遊んでいる子供たちを見る侯爵の顔だ。いや、さらに執着が強く、たちが悪い気がする。

子供が好きなら別に構わないと思っていたが、あれはないだろうとアンジェリーナは首を振る。

「……無理」

ぽつりと震える声で出てしまったのは、本音だ。

侯爵に望まれて、嬉しくないはずもないが、受け入れられる量はどうやら決まっているようだ。

「奥様、そんなことをおっしゃらず。ダイジョウブデスヨー」

「今！　すごく適当に言ったでしょう⁉」

アンジェリーナの指摘に家令はそっと顔を背ける。

「無理。この子をあの人から守れる自信がない……」

何より、父親であるのだ。愛することは権利として持っているだろう。

アンジェリーナはまだ目立たないお腹を庇い、一歩下がる。

「奥様、大丈夫です、私たちもお守りいたします！　全力で！」

いつもそばにいてくれる侍女も励ますが、アンジェリーナの心配と不安はそこだけではない。

「どうして侯爵様は、女の子が……それも私に似た子が、産まれると確信しているの？」

「…………」

「…………」

子供は授かりものであり、性別も産まれるまでわからない。

父親が侯爵なのだから、侯爵似の男の子が産まれてもおかしくないのだ。

「男の子だった場合は……次に期待ですね」

「女の子が生まれるまでずっと⁉」

視線を外しながら答えた家令に、思わずアンジェリーナは突っかからずにはいられない。

「男の子だったときに、侯爵様にがっかりされるのもなんだか……」

「もともとお子様がお好きですから、がっかりはされないと思いますが……」

「そのときは、奥様が旦那様のお名前を呼べばすぐに機嫌も直りますよー」

落ち込みそうになったアンジェリーナに、家令と侍女が励ましてくれるが、侍女の言葉には素直に頷けない。

アンジェリーナはいまだに侯爵の名前を人前で呼ぶことに躊躇いがあった。

呼んでもいいのだが、アンジェリーナが侯爵を名前で呼ぶことに、何故か使用人たちのほうが期待しているようなのだ。そう構えられては、アンジェリーナは恥ずかしさに勝てず、いまだ二人きりのときにしか呼べないでいた。

侍女が言うように、名前で呼ぶだけでなにがそんなに嬉しいのか侯爵は機嫌が直る。

いまだ侯爵のことをすべては理解できないと頭を抱えるときがあるのに、このまま子供を産んでしまって大丈夫だろうかとアンジェリーナは不安があるのだ。

「大丈夫ですよ奥様。どんなことがあっても、旦那様が奥様に夢中であることは変わりません」

珍しくにっこりと笑いながら告げる家令に、アンジェリーナは一瞬間を置いて顔を染めた。

そんなことを断言されても――

反応に困る。

ありがとうと受け入れればいいのか、そんなことはないと否定すればいいのか。

結局何も言えず、侯爵のことは今日はそっとしておこうという結論を出して、アンジェリーナは執務室から離れることにした。

「奥様？」

「ファリノスから私は庭に行ったと伝えてちょうだい」

あの部屋に入る勇気はまだない。

アンジェリーナは慣れているだろう家令に任せて、気持ちを落ち着けようといつものようにガーデンルームから庭へ出た。

天気の良い庭では、いたるところから子供たちの笑い声が聞こえてくる。

まったく変わらないこの場所に、アンジェリーナはほっとする。アンジェリーナの体調を考え、子供たちに文字や計算を教えることは控えているが、このままなら再開してもいいと思えるほどだ。自分の子供が産まれることは嬉しいが、今まで触れ合ってきた子供たちが可愛くないわけではない。

アンジェリーナが庭に姿を見せたとたん、一番に懐いたアレンが一目散《いちもくさん》に走り寄り、アンジェリーナの足にしがみついてきた。

「リーナさま！」

「こんにちは、アレン。今日も元気そうね」

「リーナさまも？」

「ええ、私も元気よ」

アレンに次いで、他の子供たちもアンジェリーナを慕いすぐに集まってくる。そして今日は、その子供たちに混ざりゼフクたちも一緒だった。

侯爵のように、子供と転げまわって遊ぶことを厭《いと》わない彼らは子供たちにとって格好の遊び相手になっているようだ。誰もが子供たちに纏わりつかれ、そしてそれを嫌がっている風ではなく楽しそうでもある。

「奥方様、お身体は……」

アンジェリーナにすぐに気付いて気遣ってくれたのは、子供をひとり肩に乗せたままのゼフクだ。

何度か顔を合わせているが、彼らは侯爵と同じくらいアンジェリーナの体調を気遣う。きっと侯爵が会うたびにアンジェリーナのことを話しているからだろう。

アンジェリーナは苦笑を浮かべた。

「順調よ。そんなに心配されることじゃないの。少し動いたほうがいいくらいだって医師も言うのだから……」

ゼフクも頷きながら、一度抱えた子供を下ろし、そしてしばらく向こうで遊ぶように伝えた。アンジェリーナの傍にいたアレンも一緒に他の子供たちのほうへ走っていくのを見届けて、ゼフクはアンジェリーナに騎士としての綺麗な礼をした。

「ゼフク？」

「……奥方様には、改めてお礼を言わねばと思っておりました」

「お礼？」

「侯爵との打ち合わせもほとんど終わりましたので、二日後には我々は南へと向かいます。何もかも失くした我々に、仕事と住む場所を与えてくださった寛大な侯爵と、助けていただいた奥方様には心から感謝をいたします」

アンジェリーナは一度目を瞬かせ、そして笑った。

「私が何かをしたわけではないの。全部侯爵様のおかげだし、貴方たちが何も悪いことなどしていないのはわかりきったことだったもの」

「奥方様を誘拐したことは、この首を刎ねられてもおかしくない罪だと思うのですが」

「だから助けたの」

アンジェリーナは真面目なゼフクにはっきりと伝えた。

目を瞬かせるゼフクに、アンジェリーナは自分が正しい選択をしたと今でも思っている。

「貴方はあのとき、侯爵様に斬られることを望んだでしょう。それは駄目だと思ったの。私を攫った罪があるというのなら、生きてそれを償ってもらわなくては」

ゼフクは驚きに目を開き、そして納得したように口元に笑みを浮かべる。

「それは……一生をかけて償わなければならない罪ですね」

「でしょう？　それに……」

アンジェリーナは一緒に笑いながら、躊躇いつつも気付いたことを口にする。

「それに、攫われたことは、悪いことばかりじゃないから」

「それは……？」

「侯爵様が……助けに来てくれるなんて、思わなかったから――」

口にしながら、アンジェリーナは自分の顔が熱くなるのに気付いた。

あのときの気持ちは、今思い出しても心が落ち着かなくなる。

侯爵に迷惑をかけると罪悪感でいっぱいだったアンジェリーナの前に現れた侯爵の姿を忘れることはできないだろう。

アンジェリーナを心配し助けてくれた侯爵に、あのとき、アンジェリーナはきっと恋に落ちたのだと改めて思う。

ちょっと今でもついていけないことはあるのだけど――

今もそれから逃げるために庭に来たのだが、それをふまえてもアンジェリーナは侯爵のことを好きでいるだろう。反対にどんなことをされても好きでいるなんて、自分もどうかしているのかもしれないと思うくらいだ。

アンジェリーナは秘密にしていた気持ちを打ち明けてしまったことに恥ずかしくなり、誤魔化すように笑った。

しかしゼフクは笑っていない。

困ったように、少し機嫌も悪いように顔を顰めている。

「……その顔、私に見せたと侯爵に知られたら私の命運も尽きかねません」

「どうして？」

「どうしてもなにも……」

ゼフクは諦めたように溜め息を吐いた。

「これほど想い合っていらっしゃるご夫婦を見たのは初めてです」

「え……っ」

苦笑するゼフクに、どういう意味だとアンジェリーナが違う意味で顔を赤くするが、それは次の瞬間、ゼフクの鋭いまなざしで消えた。

「ゼフ……」

「奥方様、こちらへ」

ゼフクは自分の後ろへ下がるよう促すが、アンジェリーナはゼフクの視線の先、自分の背後が気になって振り向いた。

そこにいたのはビーナだった。

金色の髪で、幼いながらも美しい少女の姿が、まるで幽霊のようにそこにあってアンジェリーナは驚いた。

「ビーナ……？」

「奥様、部屋へ戻りましょう」

一緒に控えていた侍女も、少女の怪しげな視線を目にしてアンジェリーナの手を引く。

しかし驚いたアンジェリーナはすぐに動けなかった。

確かにビーナであるのに、これがあの少女だろうかと疑うほど、その姿から生気が感じられなかったのだ。

最後にビーナを見たのは、侯爵に部屋に閉じ込められていたとき、部屋の窓からだ。庭に侯爵と居るときだった。あのときは、侯爵を前に愛らしい笑顔を見せていたのに。そのおかげでアンジェリーナはビーナに嫉妬していたと気付いてしまったほどなのに。

いったいなにがあったの……

驚くアンジェリーナに、ビーナは一歩近づき乾いた唇を開いた。

「……わたしのものって言ったのに」

「え……？」

愛らしく染まっていたふくよかな頬はこけ、大きな目はさらに見開かれアンジェリーナを見つめている。

その口から発する言葉の意味を、アンジェリーナはよく理解できなかった。

「あなたさえ……あなたさえいなかったら！　デミオンさまはわたしのものなのに！」

「……！」

ビーナの動きは瞬く間のことだったはずなのに、アンジェリーナにはとてもゆっくり見えた。それでいて、アンジェリーナは一歩も動けなかった。

ビーナの手にはいつからか細いナイフが握られていて、それは振り上げられたまま一直線にアンジェリーナに向かって来ていた。

逃げられたとは思えない。逃げられるはずはない。

きっとあれに刺されるところを、アンジェリーナはじっと見ているしかない——そう思ったのに、複数の声が混ざったかと思うと視界には重なるように人が現れアンジェリーナの前からビーナを消した。

「アンジェリーナ！」

「奥様！」

「奥方様！」

その中に、はっきりと侯爵の声が聞こえたのは聞き間違いだろうか。

アンジェリーナは呆然とそこに立ったままで、目の前にはアンジェリーナを庇うように立ちふさがるゼフクの背中があり、何が起こったのかわからなくなっていた。

侍女にも庇われるように腕を取られながら、騒然となったその場でアンジェリーナが見たのは、地面に押さえつけられたビーナと、押さえつける侯爵の姿だった。

「護衛を呼べ！」

「子供たちを向こうへ」

「侯爵様、代わります」

異常事態にすぐ気付いたのは、庭にいた元騎士たちだ。狂気に乱れたような少女を侯爵と一緒に取り押さえながら、他の子供たちを安全な場所へと避難させている。

ゼフクが侯爵と入れ替わりビーナを押さえつけると、侯爵はまだ息を乱しながらアンジェリーナの傍に寄る。

「アンジェリーナ、怪我は？　何もなかったか？」

「……はい」

アンジェリーナは頷くしかなかった。

いったい何が起こったのか、この目で見ていても信じられない一瞬の出来事だったのだ。

アンジェリーナの声を聞いて、安堵の息を吐いた侯爵がアンジェリーナを腕に抱いた。

「……良かった」

本当にホッとしたという侯爵の声を聞いて、アンジェリーナは身体から力が抜けるのがわかった。

「アンジェリーナ！」

倒れたアンジェリーナよりも、それを支えた侯爵の顔のほうが青く見えた。

名前を呼ばれても、返事はできなかった。

指先が震え、自分で自分を支えることができなかったのだ。

そのままアンジェリーナは侯爵に抱えられ、部屋に戻された。

落ち着いたのは陽も落ちた頃だった。大事を取って寝台に寝かされたアンジェリーナに説明があった。

ビーナは侯爵と結婚するものと思い込んでいたらしい。

そしてそれができなくなったのは、アンジェリーナのせいだとさらに思い込み、自由に屋敷に出入りできるのをいいことに敷地へ入り、庭でアンジェリーナとゼフクを見つけそのままナイフを向けた。

自分が攫われて怖い思いをしたのもアンジェリーナのせいで、その攫った相手とアンジェリーナが仲良くしていることも信じられず、そしてアンジェリーナが侯爵と別れる気配のないことに苛立っていた。

そして庭で、アンジェリーナはまたゼフクと仲良くしていた。それを見て侯爵は騙されていると思い、騙しているアンジェリーナがいるせいで自分は侯爵と結婚できないのだと、結果凶器を振り上げることになった。

まだビーナは落ち着いておらず、アンジェリーナと対面が許されることはないだろうとも教えられた。

淡々と説明してくれたのは家令で、元騎士たちとは違い、殺害の意思があったビーナは極刑を免れないだろうとも教えてくれた。

なんてことを――

アンジェリーナは少女を思い出し、顔が白くなるまで震えた。

平民が貴族に刃を向けるというのはそういうことだ。さらに貴族に問題があるわけでもなく、勝手な思い込みで侯爵夫人という相手に刃を向けたのだ。

アンジェリーナはそれを理解しながら、それでも動揺を隠しきれない。

そもそもの原因は、ビーナではなく自分だと思ったからだ。

「……ファリノス、あの……ビーナを——」

「いけません奥様。今回ばかりは、庇うことは許されません」

白い顔のアンジェリーナが何を言いたいのか、家令にはわかったのだろう。いつも飄々《ひょうひょう》としたまま主人を手玉に取っているような家令は、厳しい顔でアンジェリーナに告げた。

「ビーナはそれだけのことをしたのです。もう甘えて許される子供ではありません」

「……それは」

そうだけど、と声を落として続けようとしたが、その前に寝室の扉が前触れもなく開き主が入って来た。

「あの娘の両親が嘆願しに来た。もちろん受け入れられるはずがない。あまりにもうるさいので一緒に刑を受けるかと言って来た」

侯爵の表情には一切感情が見られなかった。

しかしアンジェリーナには侯爵が怒りを見せるとこんな表情になるのだともう知っていた。

怒っている——

もう何をしても侯爵を怒らせるだけなのかもしれない。

しかし、アンジェリーナには黙って受け入れられない負い目があった。

ビーナをあんな風に追い詰めたのは、自分かもしれないという思いがあったのだ。手が白くなるほどシーツを摑み、アンジェリーナは一見冷静に話しているように見える侯爵と家令を寝台から見上げた。

「……申し訳ありません、私のせいです」

いったい何を言い出したという侯爵の視線が痛かったが、アンジェリーナは背けたくなるのを耐え震えながらも続けた。

「ビーナに、結婚できるかもしれないと言ったのは私です」

「……なんだと？」

侯爵の目がさらに険しくなったが、アンジェリーナはひとつ息を呑んで口を開く。

「……本当に結婚はできないけれど、侯爵様が望まれるのであれば、妾にならなれると……私はそれを受け入れると、言いま」

「どういう意味だ！」

アンジェリーナの言葉を最後まで聞くことはなく、寝室の外まで響くほどの怒声が響いた。アンジェリーナはその声に怯えながら、自分が泣き出さないのは怯え過ぎているせいだと気付いた。

「まだビーナとのことを疑っているのか!?」

そんなはずがない。

アンジェリーナは首を振ったが、それ以外にうまく身体は動かなかった。動ける身なら、この場から逃げ出してしまいたいと思うほど侯爵の怒りが怖かった。

「私が……」

「いつそんなことを!?」

「……町へ行ったときに、ゼフクたちと出会う前、に」

「何のために!?」

「……侯爵様、が、望んでいるのなら、と」

「私が、いつそんなことを！」

「……申し訳、ありません」

勢いで問われるままに答えてしまったが、アンジェリーナはもう侯爵を見ることはできなかった。

もう、終わりだ――

アンジェリーナは覚悟を決めた。

あれほど大切にしてもらったのに。

他に目もくれず、アンジェリーナを大事にしてくれたのに。

たかが子爵令嬢という身分でしかない自分を、侯爵は尊重し敬っていてくれたのに。

自分のしたことが侯爵への裏切りでもあるとアンジェリーナはようやく気付き、これから下されるであろう裁きに身を震わせた。

どうしてあんなことを言ってしまえたのか。

まだあのときは、侯爵を好きだという自覚はなかった。気付いてしまってからは、愚かにもビーナが側にいることすら腹立たしかったけれど、こうなると自業自得だ。

シーツを摑む手が震えているのを見つめていると、激昂した侯爵を宥めるように傍に控えた家令が口を挟む。

「……旦那様、奥様のお身体に障りますから」

「……っくそ！　君が身重でなかったら、女性でなかったら、手を上げていたところだ！」

本当に怒っている侯爵に、アンジェリーナは何も言えない。

実際に殴られてもアンジェリーナには抗えないだろう。むしろ罰だというならそれを受け入れる。その怒りが落ちてこないのは、ひとえにアンジェリーナが侯爵の子供を身ごもっているからだ。

それを理解して、アンジェリーナは自分だけが安全な場所にいるのは許されないと思い、もう一度口を開いた。

「デミオン様、お願いです。ビーナを許せとは申しません。ですけど減刑を……その分は、私が、この子を無事に産み終わってから罰を受けます」

本気を見せるために真正面から見上げたのだが、侯爵は苦いものを嚙んだように顔を顰めた。

「……くそ、どうしてこんなときにばかり名前を呼ぶんだ！」

「旦那様、惚れた弱みですねぇ」

「うるさいファリノス！」

いつもに戻ったように家令が軽口をたたく。それを怒る侯爵は、本当に忌々しいとアンジェリーナをひと睨みして、寝室の中をぐるぐると歩き回り始めた。

「旦那様、落ち着きがないですよ」

「うるさい黙ってろ！　今纏めているんだ」

冷静に控えたままの家令を怒鳴りつけてから、侯爵は本当に苦しそうな顔をした後、アンジェリーナのいる寝台に勢いよく座った。

いったいどうしたの――

苛々させているのが自分だと思っていても、アンジェリーナは侯爵が何を言いたいのかがわからず、ただその行動を見つめるしかない。

侯爵は心を決めたように、しかし不本意極まりないと深く息を吐き出した。

「……ビーナは遠い修道院へ送る。罪を償うために日々を過ごすように命じる」

「……デミオン様」

罪を償うために生きる。

それはアンジェリーナがゼフクたちに言ったことと同じで、同じように結論を出してくれたことにアンジェリーナは心が熱くなる。

「そもそもは、ビーナに勘違いさせた旦那様も悪いのですよ。子供に甘い態度をお取りになるのはいいですが、それを好意だと受け止められるとは考えてもいらっしゃらなかったでしょう」

家令の鋭い言葉に、侯爵は唸る。

「……わかっている」

「子供は幼いままでいるわけではないのですからね。これからは甘やかすだけの教育はお考え直しください。奥様のように、子供たちのことを考えるのなら、叱ることも躾をすることも必要です」

「わかっている！」

まるで誰が子供かわからないような侯爵の返事に、家令は満足したのかにっこりと笑った。

「それでは、ビーナや他のものに伝えてまいりますので、どうぞごゆっくり仲直りをなさってください」

「え……ッ」

何を言い出すのかと驚いている間に、家令はさっさと寝室を出て行った。

残されたのはアンジェリーナと侯爵だ。二人とも寝台に座りながら、視線を合わせることもできず沈黙が落ちる。

こんなこと、どうすれば——

アンジェリーナはここで二人にされても困るとシーツを強く摑んだ。

前にも同じことがあった気がする。あのときは、怒っていたというか、困っていたのはアンジェリーナで、それを侯爵は笑って受け止めていた。侯爵は心が広いのだ。そして、とても優しい。

素晴らしい領主であり、公正な人であり、敬うべき侯爵なのだ。

そんな素晴らしい人と一緒にいられる自分はなんて幸せで、そしてその侯爵を傷つけて怒らせた自分に腹が立ってくる。

仲直りと言うが、アンジェリーナが怒られているのであって仲違いしたわけではない。侯爵から何を言われても受け入れる覚悟を決めて、アンジェリーナが息を呑んだとき、侯爵の手が動いた。

「……どうしてそんなことを言った」

低い声だが、侯爵はもう落ち着いていて、シーツを握りしめたアンジェリーナの手を包むように触れる。

そんな風に優しくされると、アンジェリーナは固まっていた何かが解けてしまう。

侯爵が訊いているのは、アンジェリーナがビーナを妾にすると言ったことだ。侯爵は考えてもいなかったことなのだろう。勝手なアンジェリーナの憶測にすぎない。

それでも掌から体温が伝わると、堪えていた気持ちが零れてしまいそうだった。

「申し訳ありません……侯爵様は、ビーナのような子がお好きなのだと」

「いつそんなことを私が言った」

侯爵が言ったのではなく、確かサシュが言ったのだが、普段の子供好きの態度からそう思い込んでしまったのはアンジェリーナだ。

「……勝手に私が、勘違いをしたのです。でもすぐに、デミオン様の側にビーナがいるのは嫌だと思ってしまって、自分が言ったことを後悔していました」

もっと早くに、侯爵を好きだと気付いていたのなら。愚かなことをする前に自分からやめていたはずだ。

アンジェリーナの手を握る侯爵の力が、ぐっと強くなる。

「デミオン様……？」

「……君は本当に、私を振り回すのがうまいな」

「はい？」

「無自覚なのにも一層腹が立つ。なのに私は君に怒ることもできず君を許すしかないんだ」

許す？

アンジェリーナは驚いた顔で侯爵の顔を見つめた。

アンジェリーナが勝手なことをしたせいで、侯爵をどれだけ怒らせたのかよくわかっているつもりだ。子供さえ産めばもう用済みだと放り出されても仕方がないくらいだと思っていた。

しかし今耳に聞こえた侯爵の言葉は、間違いではないようだ。

「惚れた弱みだとはよく言ったものだ」

「ほれ……っ？」

頭に響いた言葉はいったいどういう意味だと、アンジェリーナは理解する前に動揺し顔を赤く染めた。それを侯爵は機嫌が悪いままじろりと睨む。

「気付いていないとは言わせない。そもそも私の態度はわかりやすかったはずだ」

子供が欲しい。子供がつくりたい。

そう侯爵が望んでいるのはよくわかっていたが、それ以上のことなどアンジェリーナが気付くはずがない。

この結婚は貴族にとって必要なものであり、本来なら相手があり余るほどいるはずの侯爵なのだ。偏った趣味によって相手がいなかったものの、行き遅れていたアンジェリーナを娶る理由は子供だけだったはずだ。

その趣味によってアンジェリーナも狼狽えたものの、侯爵を知れば知るほどアンジェリーナにも想いは溢れた。それを止めるのは侯爵でも難しい。

その侯爵に想われていると初めて知って、顔を赤くするなというほうが無理だ。

驚いているアンジェリーナを心外だとでも言うように顔を顰めた侯爵は、まだ続けた。

「そもそも、私は子供に欲情したりしない」

「…………」

それはどうだろう。

周りの者が離れていくほどのことを口走っているのを、自覚がないとでも言うのだろうか。あの視線の先に子供を置いておくのは、その親からしたら不安なことだと思う。だから何かが起こる前に、侯爵の周りの者が結婚を勧めていたはずなのだ。

アンジェリーナの疑いに焦ったのか、侯爵は真剣に否定する。

「本当に、そんな偏執的な思考は持っていない。というか……ファリノスたちもそうだが、本当に私が子供に手を出すと思って見ていたのか？」

そのとおりだったのでアンジェリーナは慌てて視線を外した。

侯爵は深く息を吐き、

「そんな嗜好を持っていたら君を抱くはずがないだろう。拘束してまで」

「…………っ」

アンジェリーナはそのときのことを思い出し、顔を染めた。

閉じ込められて侯爵に抱かれ続けた日々は、すぐに忘れられるものではない。

「あ、あれは……だって、罰なのでしょう？　私に対する罰でしたら、受けなければ……」

「君は罰だから受け入れたのか」

本当は嫌だった。

ちゃんと抱かれない行為は、アンジェリーナにとって辱めでしかない。

しかしそれが罰なのなら、受け入れねばならないのだ。

黙ったアンジェリーナに、侯爵はその腕を取り引き寄せた。アンジェリーナは抵抗することなく、その腕の中に抱かれる。

「どうしてその罰を与えられたのか、わかっているのか」

自分が軽率な行動を取って迷惑をかけたからだ。

今回も、アンジェリーナのせいで起こったことだ。怒られて罰を受けるのは当然だと思う。

「あの腕輪はどこへやった？」

「……侍女がどこかへ片づけたはずです」

思い出したくないものだったので、視界に入らないところへやってしまった。それについて侯爵は思いもよらないことを告げる。

「あれは、君へのお土産だったんだ」

「……えっ？」

「本当は、私とお揃いでつけるために。ふたつ揃っていただろう？」

アンジェリーナは顔をまた赤くした。

こんなにも簡単に何度も赤くなってしまっては、戻らなくなるのではと心配したくらいだ。しかしそんな大事なものをあんなことに使うとは、とその目で侯爵を睨む。

しかし侯爵は視線を強めて、間近に迫ったアンジェリーナを見つめた。

「君が盗賊を庇うからだ」

「彼らは盗賊ではありません」

つい言い返してしまったが、それは侯爵の機嫌を良くするものではなかった。

彼らが盗賊ではないことはもうとっくに知っているはずなのに、どうして蒸し返すのかがアンジェリーナにはわからない。しかし侯爵には細かいことはどうでもいいようだ。

そのまま睨みつけられ、

「そんなことはどうだっていい。君は何を考え庇った？　好きになったのか？　何かがあったのか？」

「な、なにかって、なにも……」

「あと護衛たちにも甘すぎる。彼らは仕事として君の傍で君を守っているはずなのに、まるで友人と話しているかのように仲良くすることは許されない」

「あ、それは……」

「あと子供たちだ。子供たちは愛らしいと思うが、君は彼らの母親ではない。甘やかすだけでは駄目だと教えてくれたのはほかでもない君だ。もっと厳しくしてもいいはずだ。私のことをそんなに甘やかしたことはないだろう」

「え……と」

「あと使用人たちだ。仲が良くなるのはいい。彼らに慕われるのも大事なことだ。しかし全員の名前を呼んで話すなど近づき過ぎている。名前を覚えるのはいいことだが、どうして他の者の名前は簡単に呼ぶくせに私の名前は呼ばない!?」

「………」

相槌を打つ間もなく、次々に繰り出されるその侯爵の心情はアンジェリーナにとって寝耳に水のことばかりだ。自分は何も変わったことなどしていないはずなのに、侯爵からこんなにも責められる理由がわからない。

いや、腕を掴まれ真剣に責められると、じわりと身体が熱くなってくる。

言われたことが多過ぎて、頭の中で整理することに時間がかかるが、つまり侯爵は、自分が他の者より蔑《ないがし》ろにされていることが気に入らないと言っているように聞こえる。

「アンジー？」

だからその名前で呼ばれると困る。

全身が熱くなった。顔や耳だけではなく、身体中が赤くなっているはずだ。

それでもこの腕から逃れられる気がしない。

何度も口を動かし、必死に息をして、アンジェリーナは掠れた声を上げた。

「だ……だめ、です、もう……」

「なにがだ」

「こ、お腹の子に、悪い……」

「なにがだ⁉」

体調が悪くなったのかと慌てる侯爵に、そうではないとアンジェリーナは緩く頭を振った。

「……し、心臓が、壊れそうで……もう何もおっしゃらないでください」

口から飛び出しても不思議ではないほど、アンジェリーナは心臓が跳ねているのがわかった。そして赤い顔も見られたくないと、自分から侯爵へ身体を寄せた。

こんなにくっついてしまっては、それが聞こえてしまいそうなのに、アンジェリーナは一度その腕に触れると離れたくないと思う自分にも気付いた。

腕に収まったアンジェリーナを抱きとめたまま、一度固まった侯爵は、唸るような声を上げてそれから腕に力を込めてアンジェリーナを寝台に押し倒した。

「……どうして君はそうやって、私を煽るんだ！」

煽ってません！

そう反論したかった声は、侯爵の唇の中へと消えた。

「ん、んっん……っ」

呼吸を奪われるようなキスをされると、アンジェリーナの身体から抵抗が消える。それを狙ってやっているのだろうが、こんなことを覚えさせられてしまったことにアンジェリーナは恥ずかしくなる。

唇が解放されたときには、熱い視線を侯爵に向けてしまうのだ。

それを受け止める侯爵はとても満足そうに頷いた。

「医師は子供を驚かせない程度にならやってもいいと言っていた」

「……!?」

どういう意味だと驚いている間に、侯爵はアンジェリーナの背中に手を回しドレスの紐を緩める。妊娠がわかってから、アンジェリーナのドレスは身体を締め付けない、ゆったりとしたものばかりだった。

締め付けるコルセットがなくなった分、侯爵は柔らかい布の中にある胸を思うがまま手に収める。触りにくいコルセットがないことに満足しているようだが、こんなことのために着ている服ではないのだ。

「ま……っ待ってください！　だって、でも！　まだ！」

「産まれるまで駄目かと思っていたが、そうではないらしい」

どこか嬉しそうに続ける侯爵に、アンジェリーナは聞き間違いでもないようだと動揺する。

「でも……あの、本当に？」

「本当だ。こんなことで嘘を吐くはずがない」

それはそうですが！

だからといって、では、と潔くなれるかと言えばそういう問題でもないのだ。

アンジェリーナが躊躇っているうちに、侯爵は自分の襟元を緩め服を脱ぎ、アンジェリーナの長い裾の下から手を入れてくる。肌の上をゆっくり這い上がる侯爵の視線は、今日も胸に向かっている。

「……大きくなった気がする」

「え、そうですか？」

もう充分だというのに。

そしてアンジェリーナ本人よりも、侯爵のほうが気付くとはどういうことだと眉根を寄せるが、侯爵は嬉しそうに柔らかに盛り上がった場所に唇を落とした。

「ん……っ」

「まだ産まれていないから……この胸は私のものだな」

まだそんなことを、と言い返したいのに、慣れた手で胸を揉まれ、先端を口に含まれるとアンジェリーナは思わず発してしまいそうになる声を抑えるために唇を噛む。

「んぅ……」

きっと子供よりも真剣にアンジェリーナの胸をしゃぶり、スカートの中の手は太ももを外から内へとなぞり、その中心へ指を潜らせ下着の上を何度も往復する。

しかし中に入ってくることはなく、アンジェリーナは抵抗していたことも忘れ、頭が熱くなり、もどかしさに腰を震わせた。

「ん、はぁ……こ、うしゃく、さま」

「……また名前を忘れている」

「……え？」

思わず誘うように呼んでしまったのに、侯爵は反対に機嫌を悪くしたようだ。

音を立てて胸から口を離し、強い目でアンジェリーナを見つめている。

「私の名前だけどうしていつも忘れるんだ？」

そのくせ、都合のいいときに思い出したように呼ぶんだ、と侯爵は本当に不機嫌そうだ。

どういう意味だろうと思ったが、侯爵はアンジェリーナが名前を呼ばないことが面白くないようだ。そう言われても、出会ったときから侯爵は侯爵であり、呼び慣れていないからいざそう言われると顔が熱くなる。

それでも侯爵の視線は強く、名前を呼ぶまで指先ひとつ動かさないつもりのようだ。アンジェリーナは逡巡したものの、覚悟を決めて侯爵を見上げた。

「……で、デミオン様……んっ」

名前を呼ぶと、すぐにそれを塞ぐようにキスをされた。

何度も何度も角度を変えて、それ以上先はないだろうというところまで奥を探られ、アンジェリーナは激しいキスに息も絶え絶えだった。

そしてそれから解放されると、侯爵はアンジェリーナの身体を引き寄せ上体を起こした。

「この体勢は、押し潰しそうで怖い」

そう言って、アンジェリーナを自分の膝を跨らせて座らせたのだ。

向かい合って座って、アンジェリーナはどんな格好になっているのか理解し、恥ずかしさで呼吸も止まるかと思った。必死に息をしようと口を何度も開閉させるが、うまく声も出ない。

「このままならひどく突くこともないし、君の思うように動けるだろう？」

「……っ！」

そんなわけがない。

真っ赤になった顔を必死に振るが、侯爵には通じないようだ。

侯爵の膝を跨いでいるせいで捲れた裾の中にまた手が入り、今度は確実に下着の中の襞の奥を狙って探る。

「ンぁ……っ」

「ああ……もう濡れているのか。このまま挿りそうだな」

「ぁっあっン、ま、まっ、て、あっ」

侯爵の言うとおり、アンジェリーナの中は充分潤っていた。

こんなことは無理だと思っているのに、身体が裏切っていて感情が沸騰しそうだった。

侯爵の指はもう慣れたもので、音をわざと立てながらアンジェリーナの中を擽り、敏感な場所を指先で何度も掠める。

アンジェリーナはすぐにでもどうにかなりそうで、赤い顔をどうにもできず、侯爵の視界から隠れるように彼の首に顔を埋めた。

「アンジー？」

「ん……っみ、見ないでください……」

「どうして」

「は、恥ずかしいからですっ」

そんなことはとっくに気付いているだろうに。わざわざ訊くところが憎らしい。

しかしアンジェリーナの耳に、侯爵が唸るような声を寄せたかと思うと、アンジェリーナの秘所を弄っていた指が一度離れ、隠れたドレスの下で動いた。

侯爵が用意をしているのだと、すぐに気付いたアンジェリーナだったが逃げ出すこともできず、広い背に腕を回した。

「アンジー……」

「あ……っん」

硬くなった彼の先端が、下着をずらしアンジェリーナの襞の縁に触れる。指も差し入れそこがぬるぬると濡れていることを確かめるように何度も動かす。濡れているのはアンジェリーナのせいだけではないはずだ。

「アンジー……子供に会わせてくれ」

どういう意味⁉

こんなときにそんなことを言うなんて、本当に侯爵はどうかしている。

アンジェリーナはこれ以上ないくらい顔が赤くなっているはずだ。なのに、子供に会うのはちゃんと生まれてからにしてくださいということが言えないのだ。

アンジェリーナは赤い顔でさらに侯爵に抱きつき、覚悟を決めたように細い声で告げた。

「……ゆ、っくり、ゆっくり、ですよ？」

「……わかった、腰を落としてくれ」

それは無理。

スカートの中で腰に手を当てられながらも、アンジェリーナもまだそこまで奔放にはなれない。しかし、下にいる侯爵から突き上げられることはなかったから、誘われるままだが、アンジェリーナがいつの間にか腰を下ろしたのだろう。

「あ、あ、あぁ……っ」

言葉どおりゆっくりと、侯爵の性器を受け入れ、アンジェリーナは久しぶりに苦しくなった。

これを久しぶりだと思うほど、結婚して以来連日身体を重ねていたのだと思い出しさらに恥ずかしくなるのだが、今はもうどうでもよかった。

ドレスの下で、ぴったりと身体が繋がると、アンジェリーナは熱いものを吐き出そうと大きく息を吐いた。侯爵も胸で大きく息をしている。

「ああ……くそ、これだけで気持ちいいな、動かなくてもいいくらいだ」

本当にそう思っているようで、アンジェリーナも少し落ち着いて強く抱きついていた手を緩めて侯爵を見つめた。

「……デミオン様は、どうして、こんなときだけ口が悪くなるのですか……？」

侯爵という身分なら、あまり乱れた言葉は使わないことが普通だと思うのだが、寝台の上で、アンジェリーナを抱いているときはよく乱れている。それを不思議に思っただけなのに、一度落ち着いたと言ったはずの侯爵の目が剣呑《けんのん》に光る。

「……チッ、こんなときにそんなことを訊くな！　思わず突き上げそうになる！」

「ふあぁんっ」

突き上げなくても、アンジェリーナの中で侯爵が大きく揺れる。それだけでアンジェリーナの全身に響く。思わずまたしがみついてしまったが、アンジェリーナを抱きしめる侯爵の手には優しさを感じた。

アンジェリーナを落ち着かせるように背中を撫で、胸元を何度も啄み、乱れた呼吸を落ち着けてくれるのだ。

何が悪かったのかはわからないが、口調のことは問い質《ただ》さないほうがよさそうだとアンジェリーナも気持ちを緩める。

こんな状態で落ち着くことが不思議だが、このゆるゆるとした状態がアンジェリーナにも新鮮で不思議で、そして溶けてしまいそうなくらい気持ちも良かった。

まるで揺り籠を揺らしているようだ。

子供をあやしているつもりかしら……

アンジェリーナは熱いというより温かくなる身体に目を細める。

そして侯爵は、そっとアンジェリーナの片手を取り、細い手首に唇を当てた。

アンジェリーナの目の前で行われるそれは、大事な儀式のように見えてアンジェリーナはやめてくださいとも言えなかった。

「アンジー……ここに、あの腕輪を嵌めてくれるか？　私とお揃いのものだ」

それがどんなものかを思い出し、アンジェリーナは赤らめた顔をさっと青ざめさせる。

侯爵はその表情に慌てていた。

「いや、もう繋げたりはしない。私とひとつずつ、つけたいんだ。あれは、君と繋がって

いる証のようなものだと思って……」

やはり枷であることには違いないようだ。

苦しかった気持ちを思い出したが、アンジェリーナは誠実な侯爵の言葉に表情を緩める。

「君は、何もねだらないから何が欲しいのかわからず……贈り物をするにも何をあげたらいいのか迷うんだ。他に何か欲しいものがあったか？」

真剣に考えたのだろう、侯爵の顔が戸惑っていてこんな状況であるのにアンジェリーナは笑ってしまった。

アンジェリーナを繋ぎとめる、離さないための枷だが、それはいつしか甘いものに変わっていた。もう一度、それで繋がれるのならいいかもしれない。

アンジェリーナは二度と離れないという証に、素直に頷いた。

「もう……一番欲しいものは、頂きましたから」

侯爵の気持ちと、侯爵との子供だ。

それはアンジェリーナにも二度と手放すことのできない贈り物だった。

お礼を言わなければと口を開きかけたが、その前に侯爵は目を鋭くさせ、一瞬で欲望を強くしてアンジェリーナの腰を掴んだ。

「ッアンジー！　ああくそ、イきそうだ！」

「んあぁっ」

突き上げない代わりに、深く交わったまま腰を回して動かされ、アンジェリーナも一気に感情が乱れるほうへ動いた。

いったい何がどうして、さっきまで落ち着いていたのに!?

アンジェリーナにはまた理由がわからない。

どこに侯爵の勢いが増す琴線があるのかがまったくわからず、アンジェリーナは振り回される。

「んんぁ……っ」

大きく動いてもいないのに、アンジェリーナの中に熱いものがかかったのがわかる。

それを受け止めて、アンジェリーナも何かを堪えて震えていると、先にその震えから復活した侯爵がゆっくりとアンジェリーナを寝台に倒した。

「アンジー……」

そして、いつもより真剣な顔で見下ろして言った。

「子供を驚かせない程度とは、どのあたりまでを言うんだ?」

そんなこと訊かないで!

アンジェリーナは思い出したようにさっと顔を赤くした。言い返したかったが、その言葉もまた侯爵の口へと消えた。

甘い枷を嵌める侯爵の愛撫は、その日もまた遅くまで続いた。

翌日、妊婦に必要なのは適度な運動までだという医師の忠告を、デミオンはその身体を小さくして聞いていた。結局夜も更けてしまうまで行為は長時間に及んでいたが、その途中で何度も侯爵はアンジェリーナの身体を気遣い労ってくれた。そんなに気になるならやめればいいという判断は、アンジェリーナにもなかったため、結局医師に怒られたのだ。

アンジェリーナはその隣で恥ずかしくなりながら、この程度で侯爵の子供が驚くはずもないのかもしれないとも改めて思い、敢えて黙って怒られている侯爵を笑って見つめた。

その手には、豪奢な枷が嵌められていた。

終章

寒くなり始めた冬の初め、アンジェリーナは無事出産を終えた。

陣痛が始まったとき、想像以上の痛みと不安に動揺したのだが、産む本人よりも侯爵のほうが狼狽え慌て出したので、アンジェリーナはかえって落ち着きを取り戻した。

医師曰く、初産にしては順調な出産だったらしい。

無事産まれたときには、屋敷中に喜びが溢れ、侯爵に跡継ぎが産まれたと知れわたったときには領地中から、そして親類一同からもお祝いが届けられた。

さらに国王からの祝いも届き、アンジェリーナは侯爵という地位に改めて驚いていたが、産まれた子供を夫が心から喜んでくれる、それが何より嬉しいと感じた。

ビーナは修道院へと送られた。サシュは親の指導のもと家の手伝いを始め、もう屋敷に来ることはない。侯爵は自分の甘さを思い知り子供たちを屋敷へ集めることをやめようとしたのだが、それを止めたのはアンジェリーナだ。

対応する大人がしっかりしていれば、もう子供が勝手に思いあがることもない。そして侯爵にはアンジェリーナがいる。アンジェリーナしか見ない侯爵を知れば、侯爵夫人の座を狙うものもいないはずだ。

妊娠中、アンジェリーナが落ち着いた頃から、子供たちはまた屋敷に遊びに来るようになり、そして遊ぶことと同じだけ学ぶことも始めた。

領地の中で識字率を上げることは悪いことではないと、アンジェリーナが侯爵を説き伏せ、侯爵夫人としての最初の仕事を決めたのだ。

それはとても順調で、アンジェリーナは産まれたばかりの子供がもう少し大きくなったらまた始めたいと思っていた。

そしてその産まれたばかりの子供は、侯爵の想いとは逆に男の子だった。

これればかりは本当に、思うようにいかない――

跡継ぎが誕生したと一族一同から祝福されたのだが、侯爵が望んでいたのはアンジェリーナに似た少女である。

少し心配していたものの、結局侯爵は子供好きだということには変わりはなかった。

男の子でも、本当に目に入れても痛くないかのように喜んでいた。

アンジェリーナはその子供の待つ部屋へ入ろうとして、足を止めた。

「奥様?」

いつも傍に控えていてくれる侍女が首を傾げたが、部屋の中から何かの気配を感じてアンジェリーナはそっと音を立てずに扉を開けた。

そして中を窺う。

「……ああ、本当に愛らしい。この小さな手、細い脚、輝く目。すべて食べてしまいたいくらいだ……早く笑うところが見たい。立って歩くところが見たい。私に甘えるところが見たい。もう抱き上げて、一生放してやりたくない。ああ、放すものか」

揺り籠に寝かされた産まれたばかりの子供と一緒にいるのは、他でもない侯爵だった。

前にも同じ光景を見た気がする――

アンジェリーナは眩暈がした。

女の子でなくて落胆されたわけではないことは嬉しかったが、まったく変わらないことを望んでいたわけでもない。

侯爵様は好きだけど……好きなんだけど！

これればかりはどうしようもないとアンジェリーナは出産を終えたばかりでフラフラなことに加えて違う意味で倒れそうだった。

しかし今回は逃げるわけにはいかない。

何故ならまさに侯爵の手にあるのは大事な子供だからだ。

侯爵にとっても大事な子ではあるが、まさにその父親から守らなければ大変なことになりそうだとアンジェリーナは母親としての危機感を覚えて、逃げ出しそうになる身体をぐっと押し留めた。

そしてその気配を感じたのか、少し開いただけの扉が大きく開かれ侯爵が目の前に立つ。

「こんなところで何をしている」

侯爵がいつの間にか、現実に戻ってきていたようだ。

「廊下に立ち続けるのは身体に良くない。中に入りなさい」

「っきゃ、あ！　侯爵様！　歩けますから！」

慌てて悲鳴を上げても、侯爵は簡単にアンジェリーナを抱き上げて執務室へ入っていく。

お茶をご用意いたしますと扉の向こうに消えた侍女を、助けてくれなかったと恨みながら、アンジェリーナは侯爵の膝の上に座らされた。

こうなると、抵抗するだけ無駄だということをアンジェリーナももう知っていた。

子供を産んでしばらくは寝台から出ることを許されなかった。医師が大丈夫と言っても、侯爵はしばらくアンジェリーナを病人のように扱ったのだ。そして動けるようになってからも、手が空いていれば抱き上げてしまう。

「今日は何をしていた。食事は？　ちゃんと食べたのか」

何をもなにも、そんなに長時間離れていたわけではない。

朝目が覚めると、侯爵に労られながら朝食を済ませ、子守りの侍女たちと一緒に愛息子《まなむすこ》の相手をして、お昼寝に入ったところで侍女が湯浴みの用意をしてくれたので身体を清めて休んでいただけだ。

侯爵のように仕事をしているわけではない。

領地の子供たちは屋敷に来るのを遠慮している。アンジェリーナが出産したばかりで、落ち着くまでは屋敷の中はアンジェリーナと産まれた子を中心に動いているからだ。

もう少し子供が大きくなれば、先に祝いの品を届けてくれた親族たちも直接来てくれるだろう。その頃までにはアンジェリーナも体力を回復させておかなければならないと思う。

侯爵家の跡継ぎを産んだのだ。

これで終わりというわけではない。ここから侯爵夫人として、子供の親としての務めが始まるのだとアンジェリーナは気を引き締めた。

そうしていると、アンジェリーナを膝に乗せて子供を前に顔を緩ませていた侯爵が、不意に唇を重ねた。

「……？」

どうしたのか、と目を瞬かせると、侯爵はにこりと笑った。

もともと整っている侯爵は、そんな普通のことが恐ろしく様になり、アンジェリーナはいまだに顔を赤く染めてしまう。

「アンジー、私は君と結婚できて、とても良かったと思う」

「……っ!?」

本当に何を言い出したの!?

赤い顔がさらに熱くなって、もう顔を合わせることなどできない。

慌てて顔を背けてさらに俯くが、侯爵は不思議そうに首を傾げた。

「どうして顔が赤くなるんだ？」

それは赤くなるようなことを言ったからです。

アンジェリーナはそう言いたいのに、赤い顔ではうまく言葉を発せられない。

子供に対しても使用人にも優しく公正な領主は、王都でも位の高い貴族で王様にも近しい人なのにその権威をふりかざすこともなく、子爵の娘だからと見下すこともない。

子供に対する嗜好はどうかと思うが、それ以外はとても素晴らしい侯爵だ。

そしてさらに、妻にも優しく甘いなど、そんなことをあっさり言ってしまえるとは、いったいこの侯爵は他にどんなことを隠しているのだろう。

侯爵を知れば知るほど、アンジェリーナの気持ちも溢れてきて、赤い顔を戻すことができなかった。

「アンジー？」

逃げることがかなわないのならと、アンジェリーナは隠れることを選んだ。

背けた顔を侯爵に寄せ、首に手を回し肩に顔を埋めたのだ。

「……私も、デミオン様と結婚できて、良かったです」

そう告げるのが精いっぱいだったが、嘘偽りのない本心だ。

赤い顔をしながらでも誤魔化さずに言えたことにアンジェリーナは満足する。

しかし侯爵はそれだけでは終わらなかった。

「……ッアンジー！　そんなに早く次を望むのか！」

「——いやいや駄目です無理！　まだ無理です！」

そのままソファに押し倒されてのしかかられ、アンジェリーナはその勢いに必死に抵抗した。

何がどうしてさっきまで落ち着いていた侯爵がその気になったのかはわからないが、アンジェリーナが受け入れられるはずがない。

「この子が起きますから！」

愛しい我が子を盾に取れば侯爵がやめるのはわかっている。舌打ちをするような勢いで顔を顰めた侯爵に、アンジェリーナは心の中で助けを呼んだ。

しかし夫婦の仲を思っている使用人たちは、いつも側に控えている侍女すら侯爵に遠慮して二人きりにすることが多い。

しぶしぶながらも押し倒すことはやめた侯爵に一応の安堵でホッと息を吐いたが、侯爵は諦めていないようだ。

「アンジー、今度は女の子も可愛いと思うんだが」

にこりと笑顔で言うものの、アンジェリーナは顔を赤くするより青くした。

「……そうおっしゃっても、どちらかなんて産まれるまでわからないことです」

もしもまた男の子だったら、この次ばかりは落胆するのだろうか。

そんなことを見るのもさせるのも嫌だと思うが、侯爵の笑顔には曇りがなかった。

「大丈夫だ。女の子が生まれるまで頑張ればいいだけだ。家族は多いほうがいいと言っただろう？」

まさか本当に女の子待ち!?

侯爵の腕に抱かれながら、アンジェリーナは眩暈がした。

これは出産による疲れなどではない。

そんなに身がもたない——

アンジェリーナは無理だと思うのに、にこやかな侯爵に反論することができない。

侯爵はアンジェリーナに振り回されると言ったけれど、振り回されているのはアンジェリーナのほうだと思っている。

そうしてこんなやりとりが日常になるとは、アンジェリーナはまだ予想もしていなかった。

侯爵との結婚生活は、まだ始まったばかりなのである。

あとがき

タイトルに変態がつくとは夢にも思ってませんでした……秋野《あきの》です。こんにちは。

あの表紙を見たとたん、この侯爵は充分変態だ！　と確信したので、タイトルに入らなくてもいいのでは、と思ったんですよ。gamu様、今回も美しい絵をありがとうございます！　本当にもう、妖しい中身がにじみ出ている侯爵、そして綺麗可愛いアンジー、素敵です。そしてお気に入りな家令とゼフクの絵も入っていることに狂喜乱舞。私が一番喜んでおります。ありがとうございます。

この変態さん、秋野には二冊目の本になります。再び手に取ってくださった方、ありがとうございます！　はじめましての方、もう一冊、このレーベルの中で異質な本があるので、そちらもよろしければぜひに。

そして今回もお世話になりました、担当様。あなたのお陰で読めるものになっていると私が確信しております。本当にありがとうございます。

最後に、ここまで読んでくださった皆様へ。秋野の好みにつっぱしった一冊、いかがでしたでしょうか。ご笑納くだされば幸いです。本当に、笑ってください。ありがとうございました。

秋野真珠《しんじゅ》

この本を読んでのご意見・ご感想をお待ちしております。

◆ あて先 ◆

〒101-0051
東京都千代田区神田神保町2-4-7 久月神田ビル
㈱イースト・プレス　ソーニャ文庫編集部
秋野真珠先生／ gamu先生

変態侯爵《へんたいこうしゃく》の理想《りそう》の奥様《おくさま》

2014年8月6日　第1刷発行
2023年4月6日　第2刷発行

著　　者　秋野真珠《あきのしんじゅ》
イラスト　gamu《ガム》
装　　丁　imagejack.inc
発 行 人　永田和泉
発 行 所　株式会社イースト・プレス
〒101－0051
東京都千代田区神田神保町2－4－7 久月神田ビル
TEL 03－5213－4700　FAX 03－5213－4701
印 刷 所　中央精版印刷株式会社

ISBN 978-4-7816-9536-5
定価はカバーに表示してあります。

Sonya ソーニャ文庫の本

『ストーカー騎士の誠実な求婚』 秋野真珠

イラスト 氷堂れん